Massimo Gramellini

Träum was Schönes

Massimo Gramellini

Träum was Schönes

Roman

Übersetzung aus dem Italienischen
von Barbara Kleiner

Piper München Zürich

Mehr über unsere Autoren und Bücher:
www.piper.de

Die italienische Originalausgabe erschien 2012 unter dem Titel »Fai bei sogni« bei Longanesi & Co S.p.a., Mailand.

MIX
Papier aus verantwortungsvollen Quellen
FSC® C014496

ISBN 978-3-492-05570-3

Gesetzt aus der Dante
Satz: Fotosatz Amann, Memmingen
Druck und Bindung: GGP Media GmbH, Pößneck
Printed in Germany

Viel entscheidender als das, was wir wissen oder nicht wissen, ist das, was wir nicht wissen wollen.

Eric Hoffer

Wie jedes Jahr an Silvester holte ich Madrina ab, um sie zu Mama zu bringen.

Madrina ist wie ein gut erhaltenes Stück altes Holz. Sie lebt allein in einer lichtdurchfluteten Wohnung, wo sie Krimis liest und mit den gerahmten Fotografien ihres Mannes spricht. Von Zeit zu Zeit geht sie an ein anderes Regal und spricht mit dem Foto von Mama, hauptsächlich über mich.

Ich nehme an, die heikelsten Informationen verschweigt sie ihr. Wie die, dass ich zwei Ehefrauen hatte, wenn auch nacheinander. Und dass ich dann doch nicht Anwalt geworden bin.

Während ich Madrina in den Mantel half, brachte sie die Rede auf den Roman, den ich ihr zu Weihnachten geschenkt hatte.

»Heute Nacht habe ich ihn ausgelesen …«

»Hat er dir gefallen, auch wenn es kein Krimi ist?«

»Sicher, du hast ihn ja geschrieben.«

»Und die Seiten über Mama?«

»Eben darüber wollte ich mit dir sprechen.«

»Das sind die einzigen autobiografischen Stellen. Da habe ich einen Teil meiner Geschichte verarbeitet.«

»Bist du sicher, dass es deine Geschichte ist?«

»Warum … ist sie das etwa nicht?«

»So ist es nicht gewesen … Mein lieber Junge, ich hätte dir da etwas zu geben.«

Ich sah sie mit winzigen Schlüsseln an der Kommodenschublade hantieren. Ein brauner Umschlag tauchte in ihren schönen Händen voller Gichtknoten auf.

Als sie ihn mir übergab, zitterte ihre Stimme.

»Nach vierzig Jahren ist es an der Zeit, dass dir jemand die Wahrheit sagt.«

VIERZIG JAHRE ZUVOR

I

Vierzig Jahre zuvor war ich an Silvester so zeitig aufgewacht, dass ich noch zu träumen glaubte. Ich erinnere mich an Mamas Duft in meinem Zimmer, ihren Morgenmantel am Fuß des Bettes. Was machte er da?

Und dann: Schnee auf dem Fensterbrett, die Wohnung hell erleuchtet, das Geräusch schlurfender Schritte und dieses Brüllen wie von einem verletzten Tier.

»Neiiiiiin!«

Ich schlüpfe verkehrt herum in die Pantoffeln, aber dafür ist jetzt keine Zeit. Schon quietscht die Tür unter dem Druck meiner Hände, bis ich ihn in der Mitte des Korridors neben dem Weihnachtsbaum sehe. Papa.

Die starke Eiche meiner Kindheit steht, von einer unsichtbaren Kraft gebeugt, wie eine Weide, zwei Unbekannte halten ihn unter den Achseln.

Er trug die purpurrote Hausjacke, die Mama ihm geschenkt hatte. Die mit einer Vorhangkordel anstelle des Gürtels. Er machte ruckartige Bewegungen, krümmte sich zusammen und trat um sich.

Als er mich bemerkte, hörte ich ihn murmeln: »Das ist mein Sohn … Bitte bringt ihn zu den Nachbarn.«

Er warf den Kopf nach hinten und stieß gegen den Weihnachtsbaum. Ein Engel mit gläsernen Flügeln verlor das Gleichgewicht und fiel auf den Teppich herab.

Die Unbekannten waren stumm, aber freundlich und gaben mich an der gegenüberliegenden Wohnungstür bei einem Rentnerehepaar ab.

Tiglio und Palmira.

Tiglio begegnet dem Leben in der unwandelbaren Rüstung seines gestreiften Pyjamas und im tröstlichen Schutz einer hartnäckigen Taubheit. Er kommuniziert für gewöhnlich schriftlich, doch an diesem Morgen weigerte er sich, die Fragen zu beantworten, die ich in Druckbuchstaben auf den weißen Rand einer Zeitung gekrakelt hatte.

WO IST MAMA? IST PAPA GEKIDNAPPT WORDEN?

Räuber mussten in der Nacht in unsere Wohnung eingedrungen sein ... Und wenn das die beiden waren, die Papa unter den Achseln gehalten hatten?

Palmira tauchte auf, mit Einkaufstüten.

»Papa hat etwas Kopfweh gehabt, mein Junge. Aber jetzt geht es ihm besser. Die zwei Männer waren Ärzte, die ihn untersucht haben.«

»Warum hatten sie dann keinen weißen Kittel an?«

»Den ziehen sie nur im Krankenhaus an.«

»Und wieso waren sie zu zweit?«

»Die Ärzte vom Notdienst sind immer zu zweit.«

»Ah, okay. Wenn dann einer plötzlich krank wird, kann der andere ihm helfen. Wo ist Mama?«

»Papa hat sie bei einigen Besorgungen begleitet.«

»Und wann kommt sie wieder?«

»Bald, du wirst sehen. Willst du eine heiße Schokolade?«

In Ermangelung meiner Mama begnügte ich mich mit einer heißen Schokolade.

Für ein paar Stunden nahmen mich die besten Freunde meiner Eltern in Obhut.

Giorgio und Ginetta.

Ich glaube, ich habe sie nie als getrennte Wesen erlebt. Mama und Papa hatten sich auf ihrer Hochzeit kennengelernt, ein Umstand, der meinem kleinen Hirn immer wieder Anlass zu Spekulationen gab.

»Mama, hör mal: Wenn Giorgio und Ginetta vergessen hätten, dich zu ihrer Hochzeit einzuladen, wärst du dann immer noch meine Mama, oder wäre das dann eine andere der Eingeladenen?«

Mein Mundwerk stand nie still, obwohl die Zunge voller Schnitte und Flicken war wie die Schürze eines Handwerkers.

»Es ist ein Wunder, dass Ihr Sohn mit einem solchen Werkzeug sprechen kann«, hatte der Kinderarzt Mama erklärt.

»Jetzt wäre da ein anderes Wunder nötig, Herr Doktor: zu erreichen, dass er ab und zu mal still ist«, hatte sie geantwortet. »Bei seiner Redegewandtheit wird er bestimmt einmal Anwalt.«

Das stimmte nicht. Ich wollte aufhören zu sprechen und anfangen zu schreiben. Wenn ich zu der Überzeugung kam, dass ein Erwachsener mir gegenüber ungerecht gewesen war, fuchtelte ich ihm mit einem Kuli unterm Kinn herum: »Wenn ich groß bin, erzähle ich das alles in einem Buch mit dem Titel: *Ich als Kind.*«

Der Titel war verbesserungsfähig, aber das Buch würde einschlagen wie eine Bombe.

In Wahrheit hätte ich aber lieber Maler sein wollen. Mit sechs Jahren hatte ich bereits mein Meisterwerk vollbracht: *Mama isst Weintrauben*. Die Traube war doppelt so groß wie Mama, die einzelnen Beeren schienen Kugeln vom Weihnachtsbaum, und Mamas Gesicht sah genauso aus wie eine Beere.

Sie hatte das Meisterwerk in der Küche aufgehängt und zeigte es voller Stolz den Verwandten, die uns besuchten. An ihren irritierten Gesichtern konnte ich eine erste, für mich existenzielle Auskunft ablesen: Ich war wohl nicht der begabteste Maler. Ich würde versuchen müssen, die Welt in mir mit Worten zu malen.

Bei Giorgio und Ginetta ging das traurigste Silvester aller Zeiten über die Bühne. Trotz meiner Bemühungen, die Unterhaltung zu beleben, wurden ihr dreizehnjähriger Sohn und ich um neun in die Stockbetten geschickt, nach einer *Pasta asciutta* und einem kleinen Beefsteak, beides mit Butter.

Keine Chance, ein Stück Panettone und eine halbwegs vernünftige Erklärung zu bekommen. Mama und Papa waren eine Besorgung machen gegangen, dieselbe wie am Vormittag oder vielleicht eine andere, die aber genauso mysteriös war. Und wir mussten auf der Stelle schlafen gehen.

Ich erinnere mich an die regelmäßigen Atemzüge meines Leidensgenossen über mir. Und an das Feuerwerk um Mitternacht, das durch die nicht vollkommen herabgelassenen Jalousien Lichtflecken in das Dunkel des Zimmers warf.

Unter der Decke zusammengekauert, mit glühenden Augen und einem Wirbel im Kopf wie von einem Zauberkarussell, fragte ich mich wieder und wieder, was ich in den Weihnachtsferien Schlimmes angestellt haben mochte, um eine solche Strafe zu verdienen.

Zweimal hatte ich gelogen, einmal hatte ich Mama eine patzige Antwort gegeben, und ich hatte Riccardo, diesem Juventus-Turin-Jungen aus dem zweiten Stock, einen Tritt in den Hintern versetzt.

Das schienen mir keine schweren Sünden, vor allem die letzte nicht.

II

Am Neujahrsmorgen sagten mir Giorgio und Ginetta, auf dem Rückweg von ihren Besorgungen habe Mama im Krankenhaus vorbeischauen müssen, um sich durchprüfen zu lassen. Seit Monaten machte sie unentwegt Besorgungen und ließ sich prüfen. Und immer im Krankenhaus. Wäre sie wenigstens in die Schule gekommen, hätte ich ihr gezeigt, wie man abkupfert.

Ich stellte mir vor, dass sie es mit einer von diesen Aufgaben zu tun hatte, wie die Lehrerin sie uns für die Ferien aufgab. Ein Kind geht drei Kilometer weit, und alle hundert Meter verliert es zwei Kugeln. Wie viele Kugeln hat es nach tausendneunhundert Metern verloren?

Ich hasste die Hundertmeter. Und dieses blöde Kind, das ständig nach allen Seiten Kugeln verlor und trotzdem weiterging, als ob nichts wäre.

Am Nachmittag tauchte Papa wieder auf, um mich zu Mama ins Krankenhaus zu begleiten. Er war wieder die starke Eiche.

»Zuerst gehen wir aber Blumen für sie kaufen«, schlug ich vor.

»Nein. Zuerst gehen wir zu Balu. Er muss etwas Wichtiges mit uns besprechen.«

Ich sträubte mich. Balu war der Pfarrer der Wölflinge,

der Kindergruppe der Pfadfinder, in der ich seit ein paar Monaten war. Ich hätte ihn ja gern besucht, wenn er gewartet hätte, bis er an der Reihe war. Er konnte sich doch nicht einfach vor Mama vordrängeln.

Durch die Vermittlung von Giorgio und Ginetta kam ein ehrbarer Kompromiss zustande: Wir würden nach dem Treffen mit Balu ins Krankenhaus gehen, aber die Blumen würden wir vorher kaufen.

Mit einem Armvoll roter Rosen kam ich in den Saal der Wölflinge.

Mit seinem Namensvetter im *Dschungelbuch*, dem Bären, hatte Balu die unbeholfene Art und die Gutmütigkeit gemeinsam. Er empfing uns im Versammlungsraum der Wölflinge und machte sofort eine witzige Bemerkung über die Fußballmeisterschaft. Obwohl er in Buenos Aires geboren war und in Turin lebte, war er Fan des FC Cagliari mit Gigi Riva.

Er hatte Panini-Bildchen, die er mir zeigen wollte, aber Papa unterbrach ihn.

»Die zeigen Sie ihm ein andermal, Balu.«

Balu seufzte und forderte mich auf, an die Decke zu schauen: ein blauer Kreidehimmel, an dem ich auch gemalt hatte.

»Die Mama ist dein Schutzengel, weißt du. Seit einer Weile schon hat sie um die Erlaubnis gebeten, dort hinaufzufliegen, um dich besser beschützen zu können, und gestern hat der Herr sie zu sich gerufen.«

Ich fühlte, wie mir ein eisiger Löffel in die Eingeweide fuhr und sie ganz aushöhlte. Mit einem Ruck fuhr ich herum zu Papa, auf der Suche nach irgendeinem Anzeichen, das dem Gesagten widersprechen würde, aber ich sah nur, dass er rote Augen und bleiche Lippen hatte.

»Gehen wir beten«, sagte Balu.

»Herr, schenke ihr die ewige Ruhe. Das ewige Licht leuchte ihr. Sie ruhe in Frieden. Amen.«

Balus warme Stimme hallte durch das Kirchenschiff des verlassenen Gotteshauses.

In der ersten Bankreihe kniend, den Armvoll Rosen an die Brust gepresst, sprach ich ihm mit den Lippen nach, aber aus meinem Herzen kamen ganz andere Worte.

»Gib Mama eine kurze Ruhe, Herr. Weck sie auf, mach ihr einen Kaffee und schick sie sofort wieder hierher. Sie ist meine Mama, verstanden? Entweder du schickst sie wieder herunter, oder du lässt mich hinaufkommen. Überleg dir das. Aber dalli. Machen wir es so: Ich schließe jetzt die Augen, und wenn ich sie wieder aufmache, hast du dich entschieden. Amen.«

III

Mama wurde im Wohnzimmer aufgebahrt und der trauernden Neugier der Nachbarn preisgegeben.

Ich weigerte mich, sie zu sehen. Ich war überzeugt, dass sie wiederkommen würde. Das ist meine Natur, Niederlagen nicht für unumkehrbar zu halten. Am liebsten mag ich Filme, in denen der Held alles verliert – wenn er aber am Rand des Abgrunds angekommen ist, weicht er einen Schritt zurück, und sein Wiederaufstieg beginnt.

Erst im Erwachsenenalter sollte ich lernen, vor offenen Särgen nicht davonzulaufen. Und entdecken, dass die Toten kleiner werden. Als ob das Knochengerüst um zwei Kleidergrößen schrumpfen würde, nachdem es nicht länger vom Hauch des Geistes beseelt ist.

Die Toten werden kleiner und die Überlebenden böse, wie zurückgewiesene Liebende. Sie hadern mit der Welt, die nicht so leidet wie sie.

Der Schmerz machte mich unausstehlich. Zwei Jahre zuvor war das schon einmal so gewesen, als ich nach einer Mandeloperation mit glühend heißem Rachen wieder aufgewacht war und die um mein Krankenlager versammelten Ärzte und Verwandten angeschrien hatte: »Alle raus hier, nur meine Mama bleibt!«

Auch jetzt knurrte ich die Besucher an. Aber weit davon entfernt, sie vor den Kopf zu stoßen, schien meine

Unfreundlichkeit ihre mitleidigen Bemühungen nur zu verstärken.

Ich ertrug die Trauermienen nicht, die liebevollen Gesten derer, die mich bedauerten, und die dummen Sprüche, die um mich herumschwirrten.

Was für ein Unglück.

So jung.

Armes Kind.

Schlimmes Übel.

Als ob es ein gutes Übel gäbe, das einen gnadenhalber am Leben ließe.

Bei meiner Mandeloperation handelte es sich wohl um ein sehr gutes Übel. Wochenlang hatte sie die Schulaufgaben von mir ferngehalten und mich der Gesellschaft des Eises, das Mama mir brachte, und meiner geheimen Zuflucht überlassen: dem U-Boot.

Zu einem bestimmten Zeitpunkt am Nachmittag ließ ich die Jalousien herunter und schlüpfte verkehrt herum ins Bett, den Kopf unten und die Füße unterm Kopfkissen.

Die Feinde umzingelten das U-Boot von allen Seiten. Ich aber, vom Zauberschleier der Bettlaken geschützt, hielt ihren Angriffen stand, bis Mama mit dem Essen kam. Diese Vorstellung gab mir ein Gefühl von Sicherheit, das ich später nur beim Schreiben wiederfinden sollte.

Am Morgen der Beerdigung schloss ich mich in meinem Zimmer ein und wartete, bis der Sarg aus dem Haus war. Ich ließ die Jalousien herunter, schlüpfte umgekehrt unter die Bettdecke und ging an Bord des U-Boots, in dem verzweifelten Bedürfnis, der ganzen Welt den Krieg zu erklären. Doch ich fand keine Feinde mehr. Sie waren alle in mir.

IV

Ich fing an, sie zu hassen, weil sie nicht zurückkam. Ich versuchte, nicht an sie zu denken, aber die Gedanken waren stärker als meine guten Vorsätze, und in Momenten der Müdigkeit gewannen sie die Oberhand. Dann trieb ich dahin, mit den Fetzen meiner Erinnerung. Der Geschmack ihrer Beefsteaks in Butter. Der gute Geruch ihrer Haare, wenn ich sie umarmte. Das letzte Mal, als wir glücklich gewesen waren.

Im Fernsehen hatte ich die Verfilmung der *Odyssee* gesehen, und ich war erschüttert von dem Zyklopen Polyphem, der die Gefährten des Odysseus gegen die Wände schleuderte und sie sich in den Mund steckte wie frische Eier.

In meiner Vorstellung nahm die Stimme des Polyphem den rauen und schrecklichen Klang der Stimme des Dichters Ungaretti an. Er war es, der jede Folge mit einer Lesung der Verse Homers eröffnete. Sobald sein Gekrächze aufhörte, wurde die Zusammenfassung der vorherigen Folgen in Bildern gezeigt, und so sah ich in der Woche darauf die Szene mit den Eiern noch einmal.

Kindern, die an Metzeleien im Fernsehen gewöhnt sind, mag die Mahlzeit des Zyklopen wie eine bescheidene Jause erscheinen. Ich hingegen wachte mitten in der Nacht mit dem unangenehmen Gefühl auf, ein von dem einzigen Auge des Polyphem begehrlich betrachtetes Ei zu sein. Nach einem kurzen Duell mit der Dunkelheit gab ich mich geschlagen und flüchtete ins Bett meiner Eltern.

Um diesen nächtlichen Wanderungen Einhalt zu gebieten, die eines kleinen Mannes von acht Jahren nicht würdig waren, hatte Mama auf meinem Nachtkästchen eine Lampe aufgestellt, die immer angeschaltet blieb. Aber alle wussten, dass der nochmalige Anblick des Zyklopen verhängnisvoll für mich sein würde.

Es kam der Abend der letzten Folge, und bevor auf dem Bildschirm die Zusammenfassung der vorherigen Teile erschien, flüchtete ich mit Mama in die Küche. Ich umarmte sie fest und roch ihr blondes Haar, bis Papa aus dem Wohnzimmer Entwarnung gab.

Die anderen Erinnerungen waren wirr, widerspenstig und überlagerten die zuletzt erwähnte. Wann hatte sie aufgehört, mich lieb zu haben? Nach dem Sommer waren ihre berühmten blauen Augen erloschen. Mit einem Mal war sie klagend und finster geworden. Ausgerechnet sie, die immer für alle ein Lächeln gehabt hatte. Offenbar hatte sich ihr Vorrat erschöpft.

Eines Morgens war sie verschwunden, »Besorgungen machen«. Ein paar Tage später sah ich sie noch trauriger wiederkommen. Zu Hause teilten wir uns die Aufgaben: Papa liebkoste sie mit Worten, und ich sprach durch Liebkosungen zu ihr. Doch Mama schien keins von beiden zu erwidern.

Madrina war ihre Busenfreundin, und jeden Sonntag kam sie mit ihrem Mann, Onkel Nevio, zu Besuch.

Ich bemühte mich, die Aufmerksamkeit der Männer zu erringen, und schöpfte aus meinem Repertoire: Verlesung einer erfundenen Speisekarte (»Eine Krötenlasagne gefällig?«) und Radioübertragungen von Fußballspielen aus dem Stegreif. Aber sobald Papa und Onkel Nevio anfingen, über Politik zu reden, lief ich in die Küche und beklagte mich.

»Da drüben hört mir keiner zu.«

Madrina lachte. Mama dagegen sah mich mit leeren Augen an, die einen fast so sehr erschrecken konnten wie das eine Auge des Polyphem.

Mittlerweile war sie ganz auf eine tüchtige Frau angewiesen, die ihr bei der Hausarbeit half.

Madamìn.

Sie war eine Witwe mit zwei Kindern und arbeitete, weil sie musste – und doch hätte man sagen können, sie tue es aus purer Höflichkeit. Ihre Würde verlieh den bescheidensten Verrichtungen Glanz und ihren Gesten Autorität. Ihr gegenüber wurde Mama wieder zum Kind.

Am Abend vor Silvester war ich in die Küche gestürmt und hatte etwas Außerordentliches angekündigt.

»Mama, mach dich fertig: Ich habe Papa überzeugt, dass er mit uns in den neuesten James-Bond-Film geht!«

Sie fing an, sich zu zieren.

»Ohne Madamìn gehe ich nicht mit.«

Aber ich hatte sie doch eingeladen, mit mir auszugehen! Reichte ihr das nicht? Reichte ich ihr nicht?

»Geh zum Henker«, sagte ich.

Geh zum Henker.

Ich sperrte mich in meinem Zimmer ein und drehte den Schlüssel zweimal um; es bedurfte der Autorität meines Vaters, um den Schlüssel in die umgekehrte Richtung zu bewegen.

Mama hing dann den ganzen Film über an Madamìns Arm. 007 – *Im Geheimdienst Ihrer Majestät*. Der erste ohne Sean Connery, an seiner Stelle ein gecasteter James Bond.

Ob Mama auch ausgewechselt worden war? Das war nicht mehr sie. Die Bestätigung bekam ich am Abend, dem letzten, an dem ich sie sah.

Sie hatte mich ans Ehebett gerufen und mich wegen der Sache mit 007 um Entschuldigung gebeten. Wir hatten uns umarmt wie früher, ich mit dem Kopf in ihrem Haar, dessen Duft ich einsog.

Sie schien wieder die Alte. Allerdings genügte ein Hustenanfall, und sie wurde wieder zur Nervensäge. Mit dieser quengeligen Stimme, die ich seither nicht einmal bei Bettlern ertragen kann, hatte sie mich zum zigsten Mal gebeten, ich solle nur ja zu allen lieb und artig sein. Und ich: Ja, Mama, gute Nacht, kann ich jetzt gehen?

»Träum was Schönes, mein Kleiner.«

»Ich bin nicht klein. Ich bin bald größer als du.«

»Sicher bist du das. Größer und stärker. Versprichst du mir das?«

Ich hielt es wirklich nicht mehr aus. Zum Zeichen des Protests verschwand ich in meinem Zimmer, kroch unter die Decke, ohne mir die Zähne zu putzen, und schlief auf der Stelle fest ein.

Das Rätsel des vergessenen Morgenmantels wurde von Madamìn gelöst.

Schlimmes Übel hatte Mama in der Nacht aufgeweckt,

sie aber hatte es gebeten, noch ein wenig Geduld zu haben, nur kurz, damit sie zu mir kommen und mich fest zudecken konnte. Als sie aus meinem Zimmer ging, hatte sie den Morgenmantel auf dem Bett liegen lassen, und an dieser Stelle ging Madamìns Erzählung immer in Seufzern unter.

Ich wusste nicht, wie eine Mama sich im Kampf mit Schlimmem Übel fühlen mochte. Sicher ziemlich schlecht, obgleich Mamas mit unerschöpflichen Ressourcen ausgestattet sind. Aber es war doch nicht möglich, dass es nur der meinen gelungen sein sollte, diesem Lümmel die Erlaubnis abzuringen, zu mir zu kommen und mich zuzudecken.

Das war ein Märchen, verbreitet von jemandem mit wenig Phantasie. Also von Papa. Er wollte mir weismachen, dass Mama uns bis zuletzt lieb gehabt hatte. Aber wenn sie mit Schlimmem Übel davongelaufen war, dann konnte sie uns doch nicht mehr lieb haben.

Dass sie von Papa genug gehabt hatte, das konnte ich sogar noch einsehen. Aber wie hatte sie aufhören können, mich zu lieben?

Nicht geliebt zu werden ist ein großes Leid, jedoch nicht das größte. Das größte Leid ist, *nicht mehr* geliebt zu werden. Bei der einseitigen Liebe beschränkt sich das Objekt unserer Liebe darauf, uns die seine zu verweigern. Es nimmt uns etwas, was es uns nur in unserer Vorstellung gegeben hat. Aber wenn ein Gefühl auf einmal nicht mehr erwidert wird, wird der gemeinsame Energiefluss brutal unterbrochen. Wer verlassen wird, fühlt sich gekostet und ausgespuckt wie ein schlecht schmeckendes Bonbon. Und irgendwie schuldig.

So fühlte ich mich. Ich hatte sie nicht zurückhalten

können. Vielleicht hatte sie sich auf die Suche nach einem Sohn gemacht, der sie besser zeichnen konnte.

Und doch fühlte ich, dass sie wieder auftauchen würde. Womöglich mit einem anderen Sohn. Das machte nichts. Ich würde jede Demütigung in Kauf nehmen, wenn sie nur zu mir zurückkam.

V

In der Zwischenzeit hätte ich eine Ersatzmama brauchen können. Leider hatte das Schicksal die vielversprechendsten Kandidatinnen hinweggerafft.

Großmutter Emma, Papas Mutter, die aus der Romagna stammte, war eine derjenigen Frauen, um die sich Legenden rankten. Die brillanteste war, dass sie als junges Mädchen dem Duce Mussolini, ihrem Landsmann, einen *smataflón*, eine schallende Ohrfeige, verpasst haben soll, als er sich in einem Heuschober über sie hermachen wollte. Diese Aufschneiderei ging auf das Konto meines Großvaters, eines Sozialisten, wurde aber doch von jedem für glaubwürdig gehalten, der Großmutter Emmas Hände kannte.

Ein anderes Mal, und dafür gab es Beweise, hatte sie den ausbeuterischen Bauleiter der Baustelle vor ihrem Haus gezwungen, den Arbeitern ihren Lohn auszuzahlen, indem sie ihm mit dem noch von Mehl weißen Nudelholz vor dem Gesicht herumfuchtelte. Mit demselben Nudelholz hatte sie dann allerdings auch den Arbeitern gedroht, dass sie es ja nicht wagen sollten, den Lohn in der Osteria durchzubringen, statt ihn unverzüglich bei ihren Frauen zu Hause abzuliefern.

Mit dreißig waren sie und Großvater nach Turin gekommen. Tagsüber arbeitete sie als Portiersfrau, und am

Abend besserte sie das Einkommen in einer Pizzeria auf, wo sie *piadine* mit Schinken und stapelweise Pfannkuchen aus Kichererbsenmehl backte.

Ihr wertvollstes Gut war eine Blechschachtel. Sobald Großvater seinen Lohn als Trambahnfahrer heimbrachte, beschlagnahmte Oma Emma das Geld »wegen dem Wein« – weil er es sonst mit seinen Freunden versoffen hätte – und steckte es in die Schachtel, in der sie den eigenen Lohn bereits sicher verwahrt hatte.

Der Schatz wurde in drei Häuflein aufgeteilt. Eins für die laufenden Rechnungen, eins für Lebensmittel und das dritte, das wichtigste, für die Wünsche. Großmutter Emma äußerte ihren Wunsch – eine Waschmaschine, ein Kühlschrank, eine Nähmaschine – und sorgte Monat um Monat für das Wachstum des Häufleins. Die anderen Familienmitglieder hätten nicht gewagt, sich der Schachtel zu nähern. Nur über ihre Leiche, und ihr Leib war wie ihr Charakter eher sperrig.

Wenn das Häuflein für die Wünsche zur Reife gelangt war, legte Großmutter Emma das Festtagskleid an und begab sich ins Geschäft. Nicht einmal die Prinzessin auf der Erbse hätte stolzer dreinblicken können.

Als ihr ein Verkäufer eines Tages Ratenzahlung empfahl, musterte sie ihn, als ob er nicht ganz dicht wäre.

»Meinen Sie wirklich, ich wäre so blöd, weiterhin für etwas zu zahlen, was ich schon habe?«

Ganz Großmutter Emma.

Ich erinnere mich an ihre plötzlichen Schmollmienen, ihre Hände wie Schaufeln im Lasagneteig und ihr berühmtes *cremigi*: ein gelb-schwarzer Pudding, den sie auf eine ovale Platte stürzte und bei dem sie mich mit dem Holzlöffel die noch heiße Schokolade vom Rand der Backform abkratzen ließ. Papa war jedes Mal schwer beleidigt, weil er das nie gedurft hatte.

Großvater war ihr dermaßen untertan, dass bei seinem Tod alle dachten, sie würde sein Fehlen gar nicht bemerken. Doch aufgrund der geheimnisvollen Balance scheinbar völlig ungleichgewichtiger Beziehungen schied sechs Monate später auch sie dahin, unter grausamen Schmerzen, die Mama mit ihrem großen Herzen bis zuletzt zu lindern versuchte.

Großmutter Emma war gegen die Heirat meiner Eltern gewesen und hatte das durch anhaltendes Schmollen bekundet. Sie hätte es lieber gehabt, wenn Papa ein reicheres Mädchen geheiratet hätte.

Er war abhängig von seiner Mutter, aber die Liebe befähigt zur Revolution, und sie hatte ihm ausreichend Energie verliehen, meine Großmutter zum Teufel zu jagen. Und weil er schon einmal dabei war, jagte er den Großvater gleich mit.

»Es wäre an der Zeit, dass du lernst, in diesem Haus die Hosen anzuhaben!«, schrie er ihn an, bevor er türenschlagend hinauslief.

Lange Zeit waren Papa und Großmutter Emma böse aufeinander. Mama war es, die sie versöhnte, indem sie einwilligte, nach der Hochzeitsreise in die Wohnung der Schwiegereltern zu ziehen.

Die kleine Gemeinschaft funktionierte nach einem einzigen unanfechtbaren Prinzip: Alle Macht liegt bei Großmutter Emma.

Jedes Detail des täglichen Lebens war nach minutiösen Vorschriften streng geregelt. Der Sonntag war der Körperhygiene vorbehalten. Doch da in Großmutters

Statuten nicht vorgesehen war, dass die Badewanne viermal gefüllt werden könnte, mussten die Partner beider Ehepaare jeweils in ein und demselben Wasser baden, wodurch der Verbrauch halbiert wurde.

Derart als illegaler Einwanderer in einem feindlichen Staatswesen gestrandet, wandte Mama eine Form der Rebellion an, die darin bestand, auf Feindseligkeiten mit Gesten bedingungsloser Liebe zu antworten. Sie gab nicht im Tausch für etwas. Sie gab, und basta. Beiläufig, ohne je irgendeinen Vorwurf zu machen oder irgendwelchen Dank zu erwarten. Papa sollte mir das ein ganzes Leben lang wiederholen, um mir den Unterschied zwischen ihr und mir vor Augen zu führen.

Und dann war sie mit einem unwiderstehlichen Lachen gesegnet. Madrina erzählte mir, dass der Priester bei der Trauung nicht vorangekommen war, weil die Braut ständig lachte. Kaum hatte sie aufgehört, mit dem Mund zu lachen, hatte sie mit den Augen weitergemacht und damit sogar ihren werdenden Gatten angesteckt, der ein ausgemachter Griesgram war. Wie verrückt lachend, hatten die beiden sich das Jawort gegeben.

Mamas Charakter hatte Großmutter Emmas Vorurteile entkräftet, und meine Geburt hatte den Rest dazugetan. Sie waren gute Freundinnen geworden, und wenn ich zwischen den beiden ging, fühlte ich mich in Sicherheit.

Anders als jetzt, wo nur Männer an meiner Seite gehen.

DAVID COPPERFIELD HATTE WENIGSTENS EINE TANTE

VI

David Copperfield hatte wenigstens eine Tante. Ich musste mich mit vier Onkeln, Mamas Brüdern, begnügen.

Der Jüngste unter ihnen war genauso sensibel wie sie, und in dieser Versammlung von Bartträgern verkörperte er das weibliche Element. Ich gewöhnte mir an, ihn *Mein Onkel* zu nennen. Ich verspürte das verzweifelte Bedürfnis, den Überlebenden Fesseln der Zusammengehörigkeit anzulegen.

Eines Nachmittags nahm Mein Onkel mich mit in ein Altenheim am Rand der Weinberge der Langhe zur anderen Großmutter. Auf der Fahrt erfuhr ich, warum ich nicht auf sie würde zählen können.

Großmutter Giulia hatte sehr viel Pech gehabt und zu viele Kinder. Das letzte von ihnen war Mein Onkel. Während sie mit ihm schwanger war, hatte sie die Röteln bekommen, und seither litt sie an epileptischen Anfällen.

Bei Ausbruch des Zweiten Weltkriegs war ihr Mann in ihren Armen gestorben, an einer Erkältung, die man mit einer Dosis Penicillin hätte kurieren können, und hatte ihr eine Witwenrente und fünf hungrige Mäuler hinterlassen, die die Erstgeborene mit durchfüttern musste. Also hatte meine Mutter mit sechzehn angefangen, als Sekretärin bei Fiat zu arbeiten, und sich weiterhin um ihre Mutter und die Brüder gekümmert.

Ich kann bezeugen, dass sie auch später noch ein wachsames Auge auf sie hatte. Bei uns zu Hause gab es ein ständiges Kommen und Gehen von verlegenen jungen Männern, die ihre große Schwester in allen Belangen um Rat fragten: Liebe, Arbeit, Sockenfarbe.

Mama empfing sie in der Küche, wo sie den Obolus für die Beratung entrichteten: eine Schachtel glasierte Maronen. Von meiner privilegierten Warte als Erbsenpuler und erster Küchengehilfe aus vernahm ich unverständliche Gespräche, in denen immer wieder Ausdrücke wie »anständiges Mädchen« und »feste Stellung« fielen.

Mein Onkel war rund zwölf Jahre jünger als Mama und fühlte sich ein bisschen wie ihr Sohn. Er erzählte mir von der Nacht, als er auf einem klapprigen Moped durch die Stadt gebraust war, um zu der Klinik zu gelangen, wo ich soeben auf die Welt gekommen war. Während die anderen Verwandten die Hebamme belagerten, um Neuigkeiten über mich zu erfahren, hatte er vor allem wissen wollen, wie es meiner Mutter ging.

»Wie oft sie mir deine Kacke gezeigt hat!«

»Wie meinst du das?« Ich wurde rot.

»Du machtest in ein Töpfchen, das die Form einer Ente hatte. Deine Mutter trug es in der ganzen Wohnung herum und pries seinen Inhalt, als ob es eine Skulptur wäre. Sie war ganz vernarrt in dich.«

»Und warum ist sie dann weggegangen?«

Offenbar hatte ich ihr besser gefallen, solange ich ins Töpfchen gemacht hatte. Als ich dazu übergegangen war, die Schüssel zu benutzen, hatte sie aufgehört, mich lieb zu haben.

»Das hat sie sich nicht ausgesucht. Es ist das Schicksal, das sie ereilt hat …«

Mein Onkel nahm eine Hand vom Lenkrad und setzte sich die Sonnenbrille auf, damit ich nicht sah, dass er weinte.

Im Altenheim durchquerten wir Räume, worin sich die Jahre stapelten. Würde ich Mamas Gesicht je von Falten durchzogen sehen? Oder würde sie für immer die junge Frau bleiben, die mich von einem Bücherregal herab anblickte? Die Perlenkette und die Jerseybluse machten sie älter, aber sie wurden Lügen gestraft durch das mädchenhafte Lächeln und die klaren blauen Augen, die noch immer bereit schienen, sich über alles zu wundern.

Großmutter Giulia kam uns in ausgelatschten Pantoffeln entgegen. Sie umarmte mich mit einer Geste, die eher verzweifelt als liebevoll war, und schleifte mich in ein Zimmer, das ganz von Grün umgeben war.

»Was haben sie mit meiner Tochter gemacht?«, rief sie, bevor Mein Onkel mich aus ihrer Umklammerung befreien konnte.

Ich hatte noch nie daran gedacht, dass Mama auch eine Tochter war.

Ich wunderte mich, dass noch niemand Großmutter Giulia die Wahrheit gesagt hatte, nämlich dass Mama auf dem Rückweg von einer Reihe von Besorgungen Schlimmes Übel getroffen hatte.

Hätte Mein Onkel mich nicht weggezerrt, ich hätte ihr den Ablauf der Ereignisse geschildert, wobei ich nur meine bekannten Zweifel an der Sache mit dem Morgenmantel weggelassen hätte. Ich hätte ihr erklärt, dass in diesem Stück die überraschenden Wendungen noch nicht zu Ende waren und dass die nächste das Wiederauftauchen der Verschwundenen sein würde.

Genossen Mütter etwa nicht einen besonderen Geleitschutz, der es ihnen ermöglichte, Zeitpunkt und Art ihrer Auftritte nach Belieben selbst zu wählen?

Neben Meinem Onkel im Auto hielt ich den Blick angestrengt geradeaus auf die Straße gerichtet. Nach jedem Werbeplakat schwor ich mir, die Kurve zu kriegen und auf das Thema zu kommen. Aber ich wich ihm aus, bis wir zu Hause waren.

Gewisse Fragen machten mir Angst. Vielleicht schreckten mich die Antworten noch mehr.

VII

An der Großmutter-Front war die Niederlage total, und auch was andere Ersatzmütter anging, rückte der Zeitpunkt der Kapitulation näher.

Madamìn hatte zwei Kinder zu versorgen und konnte nicht zu uns ziehen. Madrina hatte keine Kinder, aber sie vertrug sich nicht mit Papa. Eine beidseitige eisige Ablehnung voll Unausgesprochenem. Sie und Onkel Nevio kamen zuerst immer seltener und blieben dann ganz weg.

Meine Vater quittierte das mit einem seiner Möchtegern-Macho-Sprüche: »Es ist ein großes Unglück, auf seinen Nächsten angewiesen zu sein, aber wir sind zum Glück auf niemand angewiesen.«

Möglicherweise habe ich mich gefragt, ob zwischen dieser orakelhaften Dichotomie und Mamas Schicksal ein Zusammenhang bestand. Aber vielleicht habe ich mich das überhaupt nicht gefragt: Die Erinnerung schönt die Dinge und versucht, mich als kleinen Kommissar auf Spurensuche hinzustellen, während ich nur ein von Schmerz betäubtes und dummes Kind war, das beharrlich den Tod seiner Mutter leugnete.

In dieser Wüste, in der ich nach Frauen dürstete, blieben noch die Lehrerin und die Mütter der anderen Kinder.

Das Gehirn der Lehrerin hatte die Form eines Herzens. Wir Schüler waren ihre vierzig Adoptivkinder. Zu viele für jede Mutter, aber nicht für sie, die jedem bis auf den Grund des Herzens blickte und Lob und Tadel wohl abgewogen verteilte.

Sie war in einer Familie von Sozialisten groß geworden und redete sehr schlecht über die Amerikaner, die damals in den Vietnamkrieg verwickelt waren. Ich machte mir Notizen und berichtete an Papa, der die Amerikaner verehrte, weil sie ihm geholfen hatten, die Nazis aus Italien hinauszuwerfen. Ich glaube, zu der Zeit habe ich angefangen zu lernen, was später mein Beruf werden sollte: Notizen machen und berichten. Mit einer guten Dosis Herzblut, aber wohl wissend, dass es von jeder Tatsache mindestens zwei Versionen gibt.

Papa hörte meine Berichte schweigend an. Er und Mama diskreditierten die Lehrerin nie. Wenn ich eine schlechte Note nach Hause brachte, bedeutete das, dass ich sie verdiente, und nicht, dass die Lehrerin Vorurteile gegen mich hatte. Die ersten Autoritäten in meinem Leben waren stark genug, sich nicht gegenseitig entkräften zu wollen. Sie gaben mir das beruhigende Gefühl, in einem geordneten Universum zu leben.

Mamas Verschwinden verwischte die klaren Konturen dieses Gemäldes und drückte mir den Stempel des Andersartigen auf. Der kleine Lord, aufgewachsen in einem goldenen Reich – die Mutter sanft, aber gerecht, der Vater herb, aber gerecht –, sah sich plötzlich in den Staub geworfen.

Ich war der Einzige in der Klasse, der keine liebevolle Mutter mehr sein Eigen nennen konnte. Und auch wenn die Lehrerin darauf achtete, in meiner Gegenwart nie das Wort »Mama« auszusprechen, mischte sich in mir das Unbehagen über das Dasein als Halbwaise mit dem Schrecken davor, dass es irreversibel sein könnte, und das nährte den Dämon der Aggressivität.

In meinen ersten Schuljahren war ich ein lebendes Beispiel für die Eigenschaften meines Sternzeichens Waage, denn ich übte mich in der Rolle des Friedensstifters zwischen meinen Klassenkameraden. Jetzt hingegen erwiderte ich Provokationen und Handgreiflichkeiten Schlag um Schlag.

Warum sollte ich weiterhin brav sein, wenn doch niemand da war, um mich zu loben.

Die Mütter der anderen Kinder umarmten mich mit einer von Mitleid aufgeblähten Zuneigung, als ob ich ein Stofftier wäre, das in eine Pfütze gefallen war: darauf bedacht, sich nicht zu sehr schmutzig zu machen. Ich sah, wie ganz anders sie ihre eigenen Kinder umarmten, so, wie Mama auch mich immer umarmt hatte: mit spontanem Schwung.

Im Land der Muttersöhnchen ist es nicht leicht, Waise zu sein. Sicher, es ist auch das Land derer, die gerne das Opfer spielen, und recht in Szene gesetzt, kann der vorzeitige Verlust eines Elternteils einen Heiligenschein verleihen oder wenigstens eine Garantie auf Straffreiheit sein. Die Opferrolle ist allerdings nicht jedermanns Sache.

Ich verlangte weder Mitleid noch Privilegien, sondern Liebe. Jemand sollte mein Fan sein. Aber keine dieser Mütter würde mir je Platz eins ihrer Rangliste einräumen.

Ich verbarg meine Verzweiflung hinter einer Maske

von Stolz, in Anlehnung an das väterliche Epos vom einsamen Helden, der sich selbst genügt.

Leute, die sich in ihrem Schmerz suhlen, habe ich nie ertragen. Ich weinte nicht einmal nachts. Ich glaubte immer noch, dass ich eines Morgens aufwachen und Mama am Fußende des Bettes sehen würde, den Morgenrock um die Schultern gelegt. Und da sollte das Kissen nicht nass von Tränen sein.

VIII

Bis Mita kam, das Kindermädchen, mit der Aufgabe, mein Leben aufzuhellen.

Ich stellte mir eine Mary Poppins vor, die mich mit Küssen und Schokoladenkuchen überhäufen würde. Meine einzige Sorge war, dass sie zu hübsch sein könnte und Papa sie heiraten würde.

Sobald ich sie sah, atmete ich erleichtert auf: Sie hatte einen Schnurrbart wie der Hausmeister in der Schule. In einer Art Mumiengrimasse legte sie ihr Zahnfleisch bloß, und ihr Mundgeruch überwältigte mich.

»Sie wird innere Qualitäten haben«, versuchte es Mein Onkel. Er täuschte sich.

Mita war bei einer Gräfin in Diensten gewesen, einer Verwandten der Agnelli, die auf den Hügeln wohnte. Sie erlebte Papa als Herabstufung und mich als Strafe.

In Erinnerung an Mamas glühende Umarmungen suchte ich körperlichen Kontakt. Nachdem ich festgestellt hatte, wie steif ihre Gesten waren, suchte ich über die Gefühle Zugang zu ihr. Doch in diesem wüsten Land war kein Platz für jemanden, der dort andere Spuren hinterlassen wollte als die nostalgische und uns herabsetzende Vergötterung der verlorenen Gräfin. Das war der einzige Augenblick gewesen, da ihr Leben eine märchenhafte Dimension gehabt hatte.

Zum ersten Mal begegnete mir hier eine wirklich stumpfsinnige Person, und die Vorstellung, mich diesem Gesprächsniveau anzupassen, widerstrebte mir. Für meine Monologe wollte ich ein begeistertes Publikum, und die Tatsache, dass Mita nicht einmal den elementarsten Gedankengängen folgen konnte, ließ mich aus unseren Unterhaltungen mit dem Gefühl hervorgehen, verrückt oder unverstanden zu sein.

Eine gemeinsame Ebene fanden wir nur im Fernsehen, wo sie sich dank ihrer profunden Kenntnis der Zeitschriften *TV Sorrisi e Canzoni* und *Radiocorriere TV* zu Recht als Expertin betrachten konnte.

Sie war Anhängerin einer heidnischen Religion mit Showmastern und Sängern anstelle von Gottheiten. Himmel und Erde waren in sechs Tagen von Mike Bongiorno erschaffen worden, am siebten Tag hatte er geruht und eine Unterhaltungsshow mit Pippo Baudo ausgestrahlt.

Doch die wahre Wasserscheide im Lauf der menschlichen Geschichte war der Auftritt von Gigliola Cinquetti beim Festival von San Remo gewesen. Obwohl dieses Wunder nun schon etliche Jahre zurücklag, wiegte Mita sich nach wie vor in der wehmütigen Erinnerung an das verlorene Paradies: Als die Cinquetti *Non ho l'età per amarti* sang und sie die Unterröcke ihrer Gräfin bügelte.

Eines Abends im Herbst ging Papa aus. Es war das erste Mal, dass er mich abends allein ließ, und die Neuigkeit beunruhigte mich und ließ mich erschaudern.

Mita nahm das Wohnzimmer in Beschlag und setzte sich, die Zeitschrift *TV Sorrisi e Canzoni* wie ein Messbuch auf den Knien, vor den Fernseher. Gleich würde *Canzo-*

nissima beginnen, ein Schlagerwettbewerb, bei dem die Zuschauer mit dem Lottoschein abstimmten.

Mita schwankte zwar in ihrer Meinung, in der aber doch eine subtile Form der Kohärenz zu erkennen war: Sie bevorzugte junge talentierte Sänger wie Mino Reitani und Massimo Ranieri. Sie setzte mich in Kenntnis über die Namen ihrer Verlobten und über viele andere Geheimnisse, aber schon bald tauchte auf dem Bildschirm etwas auf, was meine Aufmerksamkeit ganz für sich beanspruchte.

Ein Nabel.

Die junge Frau, die ihn zur Schau stellte, hieß Raffaella Carrà, sie stammte aus der Romagna wie Großmutter Emma und war blond wie Mama. Später erschien sie wieder im Minirock und zeichnete mit den schwarz bestrumpften Beinen kühne Bahnen in die Luft.

Ich war zu unreif, um in diesen Bewegungen einen Vorgeschmack des Eros zu erkennen, aber die sinnliche Wärme dieser Bilder schlug eine Bresche in die verhärteten Wände meines Herzens. Als der Tanz zu Ende war, warf ich mich aufgelöst in Mitas Arme, und mit angehaltenem Atem küsste ich sie auf die eingefallenen Wangen.

»Bist du jetzt meine Mama?«, fragte ich verschämt.

»Es tut mir leid, Kind …«

Sie sagte wirklich *Kind*. Ohne mich beim Namen zu nennen.

»Es tut mir leid, Kind … Ich schaffe es nicht, dich lieb zu haben. Niemand hat mich lieb gehabt, und … ich weiß nicht, wie das geht.«

»Wenn du willst, bringe ich es dir bei.«

Tatsächlich erinnerte ich mich noch ein bisschen, wie es ging.

»Ich kann nicht … Entschuldige …«

Sie fuhr sich mit der Hand über die Augen und verschwand im Bad, ausgerechnet in dem Augenblick, als Massimo Ranieri zu singen begann.

Erst da fühlte ich, wie der bleierne Vorhang in mir fiel. Diese Illusion, die verlorene Liebe wiederzubekommen, die mich ein ganzes Jahr lang an einer imaginären Welt hatte festhalten lassen.

Ich gestand mir ein, dass Mama für immer fort war und dass niemand mich mehr lieben, annehmen und beschützen würde wie sie.

Das Gesicht ins Sofakissen gedrückt, weinte ich endlich über ihr Schicksal. Und über das meine.

IX

Die Anwärterinnen auf Mamas Posten waren eine nach der anderen weggefallen und damit die Hoffnung darauf, dass diese Stelle wieder besetzt würde. Blieb mir nur Papa.

Um zumindest teilweise den Abgrund auszufüllen, den eine tote Mutter hinterlässt, muss ein Mann weiblich sein. Streng, wo es notwendig ist, aber sensibel. Papa hingegen war ein Mann, und basta, groß geworden mit dem Mythos zweier starker Männer: Großmutter Emma und Napoleon.

Er hatte große Hände und einen finsteren Blick, der Fremden und auch mir Angst einflößte. Er schien ebenso unfähig, mich zu streicheln, ohne dass es wie eine Ohrfeige wirkte, wie einen passablen Milchkaffee zuzubereiten. In der Zeit zwischen Mamas Tod und der Ankunft Mitas war er gezwungen, eine Rolle zu übernehmen, die ihm nicht lag.

Wenn die Schule aus war, setzte die barmherzige Mutter eines Schulkameraden mich vor dem Büro der Stadtverwaltung ab, wo er bis zwei Uhr arbeitete. Da hockte ich an einer Ecke des Schreibtischs und erwartete die Stunde X, während ich riesige Weintrauben auf Blätter kritzelte, die ich aus dem Papierkorb fischte. Auch aus den Zeichnungen war Mama verschwunden.

Wenn mein Stift leer war, erlaubte Papa mir, einen Kugelschreiber aus dem Büro zu benutzen, doch sobald wir gehen wollten, verlangte er, dass ich ihn zurücklegte.

»Der gehört uns nicht. Er gehört dem Staat.«

Ich bin groß geworden mit der Überzeugung, dass der Staat ein Hersteller von Kugelschreibern ist.

Um halb drei saßen wir am Küchentisch, und das war der schlimmste Moment, denn alles in diesem Raum erinnerte an Mama.

Papa stellte sich an den Herd. Seine Mittagessen liegen mir noch heute im Magen und sind mir mit einem Gefühl erstaunter Hochachtung im Gedächtnis geblieben: zu absurd, um nicht genial zu sein. Seine Spezialität war aufgewärmtes Büchsenfleisch.

Ein weiblicher Mann hätte ein Kindermädchen gesucht, das vor allem imstande gewesen wäre, mir das Herz zu wärmen. Bei Mita ließ er sich von den einzigen Werten leiten, die für ihn Bestand hatten: Ehrlichkeit und Sinn fürs Praktische.

Ich aß wieder kaltes Büchsenfleisch, das sich in seiner Temperatur in nichts von der in unserer Wohnung unterschied. Dafür musste ich der neuen Mitbewohnerin mein Zimmer überlassen und mich damit abfinden, bei Papa zu schlafen.

Mamas und Papas großes Bett verschwand und machte zwei Einzelbetten Platz, auf denen Tagesdecken mit schwarz-braunem Rhombenmuster lagen.

Die Tagesdecken waren das geringere Problem. Papa schnarchte wie ein Bär, der sich an Honig überfressen hat. Die einzige Lösung war, einzuschlafen, bevor er in die Höhle kam.

Jede Beziehung hat eine vorherrschende Tonlage, und die unsere war ein für alle Mal in meiner Kindheit auf einer Wiese festgelegt worden. Während ich dem Ball hinterherlief, den mein Vater mir zugeworfen hatte, hätte ich fast eine Margerite zertreten. Ich bückte mich, um sie zu pflücken, und schenkte sie Mama.

Sie war gerührt, er jedoch begann Zweifel an meiner Männlichkeit zu hegen. War vielleicht in den Napoleon-Biografien, die Papa alle in- und auswendig kannte, irgendwo die Rede davon, dass der künftige Feldherr es vorgezogen hätte, für seine Mutter Margeriten zu pflücken, statt seinem Machtwillen dadurch Ausdruck zu verleihen, dass er jemandem oder etwas Tritte versetzte?

Diese Geschichte verfolgte mich jahrzehntelang wie eine billige Weissagung: »Na ja, als er klein war, hat er sich gebückt, um Margeriten zu pflücken …«

Ohne meine Mutter als Puffer hatte die Reibung zwischen unseren Charakteren jeden Anschein von Lebhaftigkeit verloren und war zum finsteren Zusammenstoß zweier Opfer geworden, die einander unverständlich blieben. Es muss für Papa auch nicht leicht gewesen sein, mit einem Sohn zu leben, der ihn in seinem Aussehen und einigen Charakterzügen ständig an die Frau erinnerte, die er verloren hatte. Aber ich war zu sehr mit meinem eigenen Leid beschäftigt, um mich für seins zu interessieren.

Mama war ein Tabuthema. Ein einziges Mal wagte ich, ihn zu fragen, was auf einer hypothetischen Rangliste des Unglücks wohl den Spitzenplatz verdient hätte: der vorzeitige Tod einer Ehefrau oder der einer Mutter?

Es handelte sich hier nicht um philosophische Neugier, sondern um eine Bitte um Hilfe. Es waren erst wenige Monate vergangen seit dem Abend, an dem ich entdeckt hatte, dass Frauen einen Nabel haben und Mama nicht wiederkommen würde. Ich verspürte das verzweifelte Bedürfnis, mit Papa zusammen zu trauern.

Wir saßen in seinem Wagen – einem Fiat 124 Coupé, besser geeignet für einen schlanken Fahrer als für einen so korpulenten – und waren unterwegs zu einer Geburtstagsfeier bei Giorgio und Ginetta.

Papa hielt mir über die Rotphase dreier Ampeln hinweg einen sehr rationalen Vortrag, der beim Rückwärtseinparken mit folgender feierlichen Verkündung endete: Beide waren wir ziemlich schlecht dran, aber von uns beiden war ich schlechter dran, weil eine Frau sich ersetzen lässt, eine Mutter aber nicht.

Er stieg aus dem Auto, und es war nie mehr die Rede davon.

X

Die einzige Gemeinsamkeit zwischen uns war der Turiner Fußballverein Toro.

Mit fünf glaubte ich, Grande Torino sei ein Märchen. Papa erzählte mir von dieser legendären Mannschaft des AC Turin zum Einschlafen, aber zum Glück schlief ich nie ein.

Ich wollte wissen, wie die Geschichte ausging, und sie ging immer gleich aus: Nachdem sie Hundert und Aberhundert Spiele gewonnen, Hundert und Aberhundert Tore geschossen hatten, stiegen Die da – so nannte Papa sie, und das waren die einzigen Male, dass ich ihn gerührt sah – in ein Flugzeug ins Paradies und kamen nicht wieder.

Das war alles klar, perfekt. Der Tod existierte für mich damals noch nicht. Ich würde ihn zwei Jahre später kennenlernen, ebenfalls durch den Toro, einen strengen Trainer in existenziellen Fragen.

Am Tag vor dem Derby gegen Juventus Turin bekam ich Grippe. Es genügte, dass Mama hinunterging, die Medizin zu holen, und ich fühlte mich gleich besser.

Nachdem ich eine Vase und den Schirmständer zu Torpfosten erkoren hatte, tänzelte ich im Flur herum, die nackten Füße stets am Gummiball. Ich machte alles allein, auch die Radioübertragung, für die ich mit quäkender Stimme den Namen meines Lieblingsspielers wiederholte.

»Gigi Meroni stürmt vor, geht an einem Spieler von Juve vorbei, dann an noch einem und noch einem … Aber was macht er da? Unglaublich! Er kehrt um und zieht noch einmal an allen vorbei. Jetzt steht er vor dem Torhüter: Er schießt ihm den Ball zwischen den Beinen durch, über den Kopf, unter den Achseln durch … Meroni ist allein, das Tor ist leer …!«

Es läutete an der Tür: Riccardo, der Juve-Fan aus dem zweiten Stock.

»Meroni ist tot, er ist tot!«, sang er fröhlich, mit dieser sanften Bosheit, die Kindern manchmal zu eigen ist.

»Was sagst du da?!«, brüllte ich ihn an, die Füße noch immer am Ball. »Meroni bin ich!«

Allein vor dem leeren Tor.

»Du und Meroni? Spinnst du? Mach das Radio an. Er ist von einem Auto überfahren worden.«

Kein Flugzeug diesmal.

Ich ging mit Papa zum Spiel, unter Schluchzen gewannen wir vier zu null. Typisch für den Toro, die bittere Freude. Das war meine Feuertaufe als Fan der Granatroten. Die offizielle Aufnahme in eine Sekte wehklagender, aber unbezwinglicher Herausforderer des Schicksals.

Meine Sonntage liefen nach einem unabänderlichen Ritual ab. Während des Mittagessens zählte Papa sämtliche Gründe auf, weshalb er nicht mit mir ins Stadion gehen würde, die alle auf einen einzigen hinausliefen: Er war es leid, seine Zeit und sein Geld zu verplempern für einen Haufen Stümper, die sich den Namen von Denen da anmaßten.

Nachdem er mit chirurgischer Akribie einen Apfel geschält hatte, verbarrikadierte er sich im Wohnzimmer und tat so, als würde er fernsehen, während ich mich anzog: Unterhose und Schal in Granatrot, das Übrige, wie es gerade kam.

Wenn er die Nachrichtensendung verdaut hatte, trat Papa ans Fenster und schaute auf die Fans, die vor den Toren Schlange standen. Wir wohnten gegenüber vom Stadion.

Ein paar Minuten blieb er so stehen und beobachtete sie. Dann seufzte er tief auf, verschwand im Kämmerchen, um sich die Schuhe anzuziehen, und rief mir zu: »Gehen wir! Aber dass du es weißt, das tue ich nur für dich.«

Ich stand schon eine Ewigkeit vor der Tür, auf die Stange der blut- und weinroten Fahne gestützt, die Mein Onkel mir geschenkt hatte. Wir kamen immer erst ins Stadion, wenn das Spiel schon begonnen hatte, und jedes Mal schämte ich mich so, wie wenn Papa mich zu spät in die Schule brachte: Bei Mama wäre das nie passiert.

Sie war unempfänglich für die Unbedingtheit der Fußballleidenschaft, aber sie hatte lernen müssen, damit zu leben.

Als Papa ihr einmal an einem Sonntag im Frühling einen Ausflug an die Schauplätze von Alessandro Manzonis *Die Brautleute* in Aussicht stellte, ging die Unglückselige darauf ein. Sie hatte keine Ahnung, dass an jenem Tag der Toro am Comer See spielen würde.

Während sie vor dem Schloss des Ungenannten einen Cappuccino tranken, deutete er mit geheuchelter Überraschung auf das Plakat mit der Ankündigung des Spiels, das in der Bar hing.

Im Stadion verlangte Mama wenigstens einen Sitzplatz: Seit ein paar Monaten trug sie einen Ultra in ihrem Schoß.

Erst etliche Spiele später sollte ich ihn verlassen, erlebte aber dort das erste Spiel meines Lebens. Ein null zu null im Regen. Ich jedoch in meiner warmen Loge war noch in Sicherheit.

Seitdem Mama bei Gigi Meroni und beim Grande Torino war, fühlte ich mich in gar nichts mehr sicher. Die wenigen Worte, die ich an einem Sonntag sprach, hätten alle in einem kleinen Tütchen Platz gehabt.

Papa war überzeugt, dass ich nur fröhlich wurde, wenn ich den Toro sah, daher nahm er mich auch zu Auswärtsspielen mit. Man kann sich denken, was für ein Spaß das war. Ich erinnere mich an ein Spiel, wo wir drei Minuten vor Schluss zwei zu null in Führung lagen. Es endete mit einem zwei zu zwei, und die ganze Rückreise über musste ich kotzen.

Doch dann kam der Frühling, und allmählich kletterte der Toro in der Tabelle wieder nach oben. Hätten wir an einem bestimmten Sonntag um Ostern den AC Neapel zu Hause besiegt, dann hätten wir Juventus überholt und wären ganz oben gestanden. Wie Die da.

Diesmal ging Papa eine Stunde vorher mit mir ins Stadion, aber das half nicht viel: In der letzten Minute dümpelten wir immer noch bei null zu null herum. Und da niemand etwas unternahm, wandte ich mich direkt an den Herrgott.

»Ich bitte dich, Herr, lass uns ein Tor schießen. Du hast schon meine Mama zu dir geholt, du schuldest mir etwas.«

Einen Augenblick später schickte der Trainer des Toro den kleinsten Stürmer der Welt aufs Feld. Er hieß Toschi, und als echter Kobold versteckte er sich sogleich zwischen den Grashalmen des Rasens.

Der Ball ruhte im Schoß des gegnerischen Torwarts, der passte ihn zum Verteidiger, der ihn wiederum zum Torwart zurückspielte und der wieder zum Verteidiger, der ihn schon wieder dem Torwart zurückgeben wollte …

Da war der Kobold es leid. Er kam aus seinem Versteck hervor, schnappte sich den herumlaufenden Ball und beförderte ihn ins Netz.

In der anschließenden allgemeinen Begeisterung bemerkte niemand einen elfjährigen Jungen mit gefalteten Händen, den Blick zum Himmel erhoben.

»Dank sei dir, o Herr!«, schrie ich und fiel auf die Knie.

Von wegen Dank. Am Ende der Saison wurden dem Toro von den Schiedsrichtern zwei völlig reguläre Tore aberkannt, und Juventus schnappte uns mit einem Punkt Vorsprung den Meistertitel weg. Alles, um Riccardo Gelegenheit zu geben, die Wände unseres Aufzugs im Haus mit Bildern seiner verehrten Mannschaft vollzukleistern, der *Pyjamas* – den Spitznamen hatte ich ihnen wegen der gestreiften Trikots verpasst.

Mir krampfte sich dermaßen der Magen zusammen, dass ich eine Woche lang nur Grissini essen konnte. Und ich fragte mich, wie sadistisch ein Gott wohl sein müsse, wenn er wolle, dass ich so früh Waise und gleichzeitig Fan einer so glücklosen Mannschaft sein solle.

XI

Mit dem Ende der Grundschule verlor ich mit meiner Lehrerin auch den letzten Anhaltspunkt. Orientierungslos schleppte ich mich durch einen unkenntlichen Raum und begann, ein Gefühl zu verspüren, das mich nie mehr loslassen würde: Ein übergewichtiger Dämon kettete mich an die Erde. Ein weiches, schwammiges Ungeheuer, das sich von meinen Ängsten nährte: Misstrauen, Ablehnung, Verlassenheitsgefühl.

Ich taufte es Belfagor, so hieß das Gespenst des Louvre in einem Fernsehfilm, das dem Zyklopen die Spitzenreiterrolle in meinen kindlichen Ängsten streitig machte.

Ich plagte mich mit Fragen herum. Bei all den Müttern, die es gab, warum war da ausgerechnet meine gestorben? Meine Klassenkameraden kamen zur Schule, begleitet von ihrer Mama, sie aßen ihr Beefsteak mit Butter, das ihre Mama zubereitet hatte, und wenn sie verängstigt waren, verschwanden sie in den Armen ihrer Mama. Warum ich nicht?

Mein kleines Hirn quälte sich auf der Suche nach Antworten. Hätte ich mich auf die Zehenspitzen gestellt, hätte ich gesehen, dass es auf der Welt viel schlimmeres Unglück gab: Kriege, Epidemien, Überschwemmungen. Aber Belfagor verstand es, mich nach unten zu drücken, und mein Horizont von dort aus war der meines kleinen Lebens.

Ab und zu drohte Papa, mich ins Internat zu stecken. Das geschah, wenn ich im Restaurant die Zahnspange auf dem Teller liegen ließ. Oder wenn ich darum bat, Mita zu entlassen und durch ein menschliches Wesen zu ersetzen.

Ich wurde ein begieriger Leser von Waisengeschichten. *Heimatlos* und *Oliver Twist* lagen unter meinem Kopfkissen, spendeten mir aber überhaupt keinen Trost. Das ging so weit, dass ich ihre Helden beneidete. Sie waren verzweifelt unter anderen Verzweifelten, sie teilten ihr Problem mit ihnen und fühlten sich daher nicht so anders, wie ich mich fühlte, als ich nach der Grundschule in eine katholische Knabenschule kam, die von Jungen besucht wurde, deren Väter viel reicher waren als meiner.

Ich hätte eine Lehrerin gebraucht. Stattdessen bekam ich Pater Schädel.

Der Spitzname rührte von der Furcht einflößenden Form seines Kopfes her. Sein Orden hatte seine tausendjährige Weisheit bekundet, indem er ihn nach Libyen verschickte, doch er war Gaddafis Säuberungen entkommen und nach Italien zurückgekehrt, wo er nun mich drangsalierte. Wenn ich mich gegen einen Übergriff wehrte – und in meinen Augen war alles ein Übergriff –, schlug er mir mit den quadratischen Knöcheln seiner Faust in den Nacken. In ähnlicher Weise wie Mita das Zahnfleisch entblößend, zischte er: »Du hast mich nicht lieb …«

Tatsächlich hatte ich das nicht. Ich fühlte mich wie

der negative Held des einzigen Romans, den Dickens nicht übers Herz gebracht hatte zu schreiben: die Geschichte eines Jungen, dem man grundlos die Frauen seines Lebens wegnimmt und der mit einer verdorrten Kinderfrau und einem zu Handgreiflichkeiten neigenden Priester aufwachsen muss.

Papa hatte mich auf eine Privatschule geschickt, weil das die einzige war, die mich bis abends gefangen hielt, was ihn der Verpflichtung enthob, sich tagsüber um mich zu kümmern. Der Vorteil, Mita nicht bei Tageslicht sehen zu müssen, hatte einen Preis: das Schulessen.

Den siebten Höllenkreis stelle ich mir so vor: ein rechteckiger, dunkler Raum, erfüllt vom Geruch nach Fußschweiß, wo ein gegen Seife allergischer Kellner Kartoffelkroketten mit bloßen Händen auf Servierplatten legt und wo in abnorm großen Kesseln der Zaubertrank in der Dunkelheit brodelt, der jeden Hungrigen in einen freiwillig Fastenden verwandelt.

Wurden die Deckel von den Kesseln gehoben, änderte sich der Geruch im Raum: Der gute alte Geruch nach Fußschweiß wurde überlagert von dem schrecklichen Gestank nach verschimmeltem Käse. Während der Inhalt in Suppenterrinen gegossen wurde, zelebrierte Pater Schädel in Person die allerhöchste Weihehandlung: das Gebet, mit dem wir alle dem Herrn für unsere tägliche Pampe dankten.

Risotto mit Hühnerleber.

Das erste Mal, als ich es zu essen versuchte, musste ich erbrechen, wobei es mich wunderte, dass es überhaupt keinen Unterschied gab zwischen dem, was ich auf den Boden gekotzt hatte, und dem, was noch auf dem Teller war. Ein dunkler Brei, in dem haltlos wie

Schiffbrüchige die Innereien der Tiere herumschwammen, die Pater Schädel in einem grausigen, in der Küche vollzogenen Ritual geopfert hatte.

Der Schöpfer dieser Leckerei war er. Das schloss ich aus dem Eifer, mit dem er zwischen den Tischen umherging und überprüfte, ob auch alle genug hatten. Und sobald er einen heiklen Appetitlosen entdeckte, setzte es Knöchel in den Nacken.

Ich wandte mich nie Hilfe suchend an Mama. Ich hatte sie in einer unbestimmbaren Dimension eingefroren. Doch angesichts des Risottos mit Hühnerleber sah ich mich gezwungen, eine Ausnahme zu machen.

»Bring mich auf eine Idee, Mutti.«

Wenn man bedenkt, dass *Mutti* mir immer unsympathisch gewesen war, als Wort!

Die Idee kam dann auch, als Pater Schädel zwei Tische weit entfernt war. Nun zählten schnelle Bewegungen und eiserne Nerven. Ich hob den randvollen Teller und reichte ihn über den Kopf von ein paar Mitschülern hinweg Rosolino, einem Typen, der alles aß, auch Bonbonpapier und schon von anderen angeknabberte Kugelschreiberkappen.

Vor der Hühnerleber ekelte es sogar ihn, aber doch nicht genug, um den einmal angeworfenen Motor seines Magens zu unterbrechen. Gierig leerte er mit drei Löffelfüllungen den Teller und gab ihn mir zurück, einen Augenblick bevor Schädels bebrillte Augen ihn einer minutiösen Prüfung unterzogen.

Mittagessen für Mittagessen leerte Rosolino meinen Teller. Aber einmal – ein verhängnisvolles Mal – blieb etwas dunkler Brei darauf zurück.

»Hat deine Mama dir nicht beigebracht, wie man den

sauber aufisst?«, fragte Pater Schädel und hauchte mir seinen Atem ins Gesicht.

Er fuhr mit einem Stück Brot über den Teller und schob es mir zwischen die Lippen.

Mit einer unwillkürlichen Bewegung stieß ich den fremden Gegenstand zurück: Ich spuckte ihn auf die Kutte dessen, der ihn mir verabreicht hatte. Ich wurde zwei Tage vom Unterricht suspendiert, und Papa redete bis zum Sommer nicht mit mir. Wir verständigten uns durch Zeichen.

In jenen Jahren steckten junge Männer Schulen in Brand und provozierten die Polizei. Ich bespuckte Priester mit Leberbrei, aber niemand betrachtete mich als Helden.

XII

Rosolino war aus Sizilien gerade rechtzeitig nach Turin gekommen, um in die Fänge von Pater Schädel zu geraten. Glaubte man ihm, machte sein Vater Milliarden. Aber die blonderen unter den Klassenkameraden sagten, er stinke. Das und sein südlicher Akzent waren ausreichend gewesen, ihm die Mitgliedschaft im Klub der Ausgestoßenen einzutragen.

Aus der Vereinigung unser beider Schmach erwuchs eine Freundschaft, die allabendlich im Schulbus, der uns nach Hause brachte, zerbrechen musste. Wir ließen die Figuren der Fußballspieler auf der weichen Oberfläche der Sitze hüpfen, und wer sie in Drehung versetzte, erwarb das Recht, sie in die Tasche zu stecken.

Rosolino schummelte, ich auch, aber weniger geschickt. Wir beschimpften uns gegenseitig.

»Makkaronifresser!«

»Bastard!«

Ich wusste nicht, was das bedeutete, und als ich es erfuhr, war mein Freund schon in eine andere Stadt umgezogen.

Ihm wie allen anderen auch hatte ich erzählt, meine Mutter komme mich nie abholen, weil sie durch ihre Arbeit viel auf Reisen sei. Sie sei Vertreterin für indische Kosmetik.

Originell, nicht wahr? Einmal muss Mama im Wohnzimmer eine Vertreterin für Schönheitsprodukte empfangen haben. Ich erinnere mich undeutlich an eine Dame, die ihr eine rosa Flüssigkeit auf die Nägel strich. Nur der Bezug auf Indien war ein künstlerischer Zusatz, den allerjüngste Ereignisse nötig machten.

Die Weihnachtsferien waren ein in die Länge gedehnter Sonntag, der von den Gespenstern des Gedenktags überschattet wurde. Von Mama war nicht einmal auf dem Friedhof die Rede, Papa konzentrierte sich lieber auf die praktischen Dinge: künstliche Blumen kaufen, die länger hielten, die Leiter auf Rollen vor die Grabplatten schieben, auf deren oberster das Foto der Verstorbenen lächelte, ganz hinaufklettern, ohne das Wasser in der Vase zu verschütten (aber wozu Wasser, wenn es künstliche Blumen waren?), heruntersteigen und die Leiter wieder genau dort hinstellen, wo man sie gefunden hatte.

Nachdem wir ein paar Minuten ohne ein Wort, die Nasen in die Höhe gereckt, dagestanden hatten, kehrten wir nach Hause zurück, um uns zu amüsieren. Papa in einem Zimmer, ich in einem anderen und dazwischen Mita vor laufendem Fernseher. Heiligabend schlugen wir die Einladung Meines Onkels aus – »wir brauchen schließlich niemanden« –, und was für das Essen am Heiligabend galt, ließ sich wunderbar auch für das Feiertagsessen am Tag darauf geltend machen.

Da die Fußballliga über Neujahr pausierte, musste man einen anderen Zeitvertreib finden, und da hatte Papa die Eingebung mit der Indienreise. Von Neu-Delhi nach Varanasi, der heiligen Stadt, berühmt für ihre Stufen am Ganges, wo die am härtesten Gebeutelten der

Menschheit Zuflucht suchten und wo mit unserer Ankunft die Riege komplett sein würde.

Die Reisegruppe bestand überwiegend aus Mamas. Überall hallten ihre besorgten Ermahnungen zu Gegenständen, Tieren und Bettlern, die zu vermeiden waren. Papa ahmte sie nach, so gut er konnte, aber er besaß weder ihren scharfen Blick noch ihre Ausdauer. Und so steckte ich dauernd in der Patsche. Die anderen Kinder müssen mich direkt beneidet haben.

Von dieser Pilgerfahrt eines Witwers und einer Halbwaise ins mystischste Land des Planeten hätte ich gern einen Hauch Spiritualität mitgenommen. Hingegen beschränkte sich mein Reisetagebuch auf die Aufzeichnung einer Reihe profaner Demütigungen.

Papa gibt den Kellnern im Hotel etwas zu trinken aus – es ist Silvesterabend –, und eine Gruppe Inder, Angehörige der höchsten Kaste, schaut uns schief an und verlässt geschlossen das Lokal.

Papa mit rosa Turban klettert wie ein falscher Maharadscha auf einen Elefanten, und ich, um nicht zu vergehen vor Scham, verstecke mich hinter der Säule eines Hindu-Tempels.

Ein Freund von Papa spricht einen Landsmann von Asterix, der ihm bei der täglichen Schlacht am Buffet soeben die Gabel in die Hand gerammt hat, auf Italo-Französisch an: »*Maleducaton d'un franceson. Je suis italien e me ne vant!*«

Noch einmal Papa, ich überrasche ihn, wie er im Hotelflur eine Dame aus der Reisegruppe küsst. Eine Blondine, deren Beine in gefleckten Strümpfen stecken und sich wie Pythons unter ihrem Rock hervorschlängeln.

So auf der Stelle ließ ich mir nichts anmerken. Doch sobald wir wieder in Italien waren, schrieb ich ihm einen zwanzigseitigen Brief, dessen Inhalt in der letzten Zeile zusammengefasst war: »Wenn du eine andere Mama heiratest, gehe ich von zu Hause weg.«

Ich wartete auf eine Antwort, die nicht kam. Aber die Pythonfrau verschwand für immer im Urwald.

ICH BAT DIE PHANTASIE UM EXIL

XIII

Ich bat die Phantasie um Exil, da sich die Wirklichkeit als blutrünstige Tyrannin erwiesen hatte.

Mit meinen Radioreportagen bespielte ich die Wände des Wohnzimmers, wobei ich ein blau-weiß gepunktetes Taschentuch von Mama gegen sie schlug.

Das machte ein trockenes Geräusch – *tick tick* –, weshalb Mein Onkel das Spiel auf diesen Namen getauft hatte. Er war der Einzige, der in die unergründlichen Mysterien eingeweiht war, die sich hinter der verschlossenen Tür abspielten.

Sobald ich das magische Tuch in die Hand nahm, schob sich auf den Bildschirm meines erregten Inneren ein imaginärer Fußballspieler, der so hieß wie ich und große Klasse mit tierischer Stärke in sich vereinte. Nach jedem Tor richtete mein Doppelgänger die Arme auf einen unbestimmten Punkt auf der Tribüne, wo eine nur an ihren blonden Haaren zu erkennende Dame die Huldigung mit anmutigem Applaus erwiderte.

Wenn jemand zu Hause war, und Mita war fast immer zu Hause, senkte ich die Stimme oder legte eine Platte auf, um sie zu übertönen. Aber manchmal riss Mita plötzlich die Tür auf und ertappte mich mit hochrotem Gesicht und Mamas Taschentuch in der Hand.

»Du bist ja verrückt! Das erzähl ich deinem Vater, wenn er heimkommt.«

Ich schwitzte sehr viel. Tag und Nacht, sommers wie winters. Schwitzen war meine Art zu weinen.

Belfagor ertrug keine Tränen. Wie alle Ungeheuer des Herzens war er überzeugt, zu meinem Besten zu handeln. Er konnte mir keine Liebe geben, aber er konnte die Welt daran hindern, mir Schmerz zuzufügen: Man brauchte sie nur nicht hereinzulassen. Er verabscheute die Wahrheit, und seine Mission war es, mir aus Situationen, die mit Leiden verbunden sein könnten, einen Ausweg zu weisen. Auch konnte er es nicht lassen, überall Restchen an Zuneigung zusammenzukratzen: Er regte meine selbstzerstörerischen Impulse an, die die Aufmerksamkeit des Nächsten auf mich lenken sollten.

Die harmloseste Neurose – ständig auf meine Knie zu starren – hörte an dem Tag auf, als ich zum ersten Mal lange Hosen trug. Aber in der Zwischenzeit hatte sich eine andere, gefährlichere bemerkbar gemacht.

In meiner Kindheit hatte ich mit Freuden jede Art von Bazillen bei mir aufgenommen. Mama war eine verständnisvolle Krankenschwester, und es gab nichts Besseres, als wochenlang im Bett zu liegen, mit Pusteln im Gesicht und dieser Stimme neben mir, die Märchen vorlas oder Lieder summte. Aber seitdem die Krankenschwester Knall auf Fall gekündigt hatte, ahnte ich, dass auch Kranksein nicht mehr dasselbe sein würde.

So schürte Belfagor in mir die Angst vor Krankheiten. Ohne Vorankündigung war er in meinem Kopf und flüsterte mir unumgängliche Befehle zu.

»Tu das und das, sonst wirst du krank.«

Was zu tun war, war nie dasselbe. Plötzlich mitten auf der Straße stehen bleiben, zwei Schritte zurück machen und einen diagonal nach vorn. Einen Passanten in den Hintern kneifen und davonrennen. Den Sitz im Autobus mit Klebstoff einschmieren. Mit dem Ball auf das Madonnenbild im Büro des Schulrektors zielen.

Gewöhnlich handelte es sich um Präzisionsarbeiten wie Letztere. Purer Vandalismus kam nur selten vor, und ihm folgte sofortige Reue: Nachdem ich den Sitz mit Klebstoff eingeschmiert hatte, setzte ich mich selbst darauf.

Die Situation eskalierte an einem Sommertag während eines Ausflugs mit Giorgio und Ginetta. Nach dem Picknick hatte Papa sich auf der Wiese ausgestreckt und angefangen zu schnarchen. Sein kahler Hinterkopf glänzte in einem halben Meter Entfernung von einem Baumstamm.

In gebührendem Sicherheitsabstand spielte ich mit einem spitzen Stein herum, als Belfagor sich zu Wort meldete.

»Du musst ihn zwischen den Baumstamm und den Hinterkopf deines Vaters werfen. Sonst bekommst du eine Krankheit, aber eine ganz schreckliche.«

Ich warf den Stein nicht mit der nötigen Gelassenheit und traf voll den Hinterkopf.

Papa tauchte aus dem Zwischenreich der Schlummernden auf und ging auf mich los wie ein verwundetes Tier.

Ich kletterte einen schmalen Weg hinauf, er hinterher. Bei jedem Schritt keuchte ich verzweifelt.

»Aber verstehst du denn nicht, ich habe die Probe nicht bestanden, und jetzt werde ich krank!«

»Darauf kannst du wetten, dass du krank wirst! Wenn ich dich erst erwische …«

Ich ließ mich nicht erwischen, und die Angst vor Krankheiten wurde schwächer. Dafür kam die vor Einbrechern. Jeden Abend suchte ich die Wohnung Meter für Meter ab, um zu sehen, ob sich nicht vielleicht jemand im Wäscheschrank oder in der Waschmaschine versteckt hatte. Mehr noch als nach den Dieben suchte ich wahrscheinlich nach ihrer Beute. Mir war etwas gestohlen worden.

Auf einem meiner nächtlichen Kontrollgänge weckte der Anblick einer Schachtel in Papas Büro eine Erinnerung aus meiner frühesten Kindheit. Damals war Madrina mit fragendem Blick auf mich zugekommen.

»Hast du zufällig Mama gesehen? Ich kann sie nicht finden.«

»Aber was sagst du denn? Sie ist in der Küche.«

»Bist du sicher? Schau nach, sie ist nicht da.«

In allen Zimmern hatte ich nach ihr gerufen, immer aufgeregter und nervöser. Nachdem ich sogar im Ofen nach ihr gesucht hatte, wagte ich es, in das unantastbare Heiligtum von Papas Büro vorzudringen, fand dort aber nur eine große Schachtel unter dem Schreibtisch.

Da fing ich an zu weinen, und da kam Mama aus der Schachtel heraus und umarmte mich.

»Wir haben nur Spaß gemacht!«

Ich bin schrecklich wütend geworden damals. Kinder sind ernsthafte Personen, sie verabscheuen schlechte Scherze. Sie wissen, dass sie früher oder später wahr werden.

XIV

Nachdem er dem Steinwurfattentat entkommen war, beschloss Papa, mich zu einem Psychologen zu schicken. Eigentlich war das ein praktischer Arzt, der in seiner Freizeit Psychologie studiert hatte. Mich zu einem echten Psychologen zu schicken hätte für Papa bedeutet, anzuerkennen, dass ich wirklich verrückt war.

Doktor Frassino spickte seine Monologe mit nervtötenden Pausen, und ich kam aus diesen Sitzungen, die in Zeitlupe abliefen, hysterischer heraus, als ich hineingegangen war. Ich erinnere mich an nichts von ihm außer dem Urteil, das er fällte.

»Der Charakter eines Kindes bildet sich in den ersten drei Lebensjahren heraus. Mit neun Jahren ein Elternteil zu verlieren verursacht keine bleibenden Schäden, auch wenn es gewisse Tendenzen verstärkt.«

Übersetzung: Wenn der Kleine als Neugeborenes seine Mama verloren hätte, würde er ständig mit Steinen auf den Papa werfen. Da er sie etwas später verloren hat, wird er ihm höchstens einen um den Hals hängen.

Zu dieser Zeit nahmen sich alle das Recht heraus, zu wissen, wer ich war. Eine Art Kreuzworträtsel, das Pater Schädel uns als Eignungstest untergejubelt hatte, ergab, dass die für meine Fähigkeiten am besten geeignete weiterführende Schule die Handelsschule wäre. Da musste sogar mein Vater lachen.

Ich brauchte Vorbilder und gute Beispiele, die mir den Weg wiesen, und fand sie in Biografien. Meine Leidenschaft für das Leben anderer kam aus dem unbewussten Wunsch, herauszufinden, wie es ihnen gelungen war, die erste Begegnung mit dem Schmerz zu überstehen.

Ich wollte eine Versicherung gegen meine quälende Angst: dass die in der Kindheit geschlagene Wunde mein Leben nicht unwiderruflich zeichnen würde. In dieser Zeit las ich, dass Buddha und ein Mafiaboss beide in der Kindheit ihre Mutter verloren hatten. Und doch hatten sie später ganz verschiedene Wege eingeschlagen. Vielleicht würde ich ja einen Mittelweg finden.

Ich hätte mich schon damit zufriedengegeben, mit den Füßen auf dem Boden zu bleiben. Dagegen ging ich auf Zehenspitzen wie ein Elf. Meine Schuhsohlen waren nur vorne abgenutzt, und die Fersen hingen nutzlos in der Luft herum. Ich ging auf den Zehenspitzen und schaute sie auch ständig an, weil ich nicht imstande war, meinen Blick zum Himmel zu erheben.

Ich hatte meine Gründe. Der Himmel machte mir Angst. Die Erde auch.

Mein Onkel gab mir einen sinnvollen Ratschlag: Wenn du gehst, heb das Kinn, als ob du von dort einen Faden zum Nabel spannen müsstest.

Ich versuchte es allen Ernstes. Aber ich rannte gegen einen Pfahl.

Im Grunde ist mein Leben die Geschichte der Versuche, die ich unternommen habe, mit den Füßen auf dem Boden zu bleiben, ohne den Blick vom Himmel zu wenden.

Trotz meines Elfengangs war ich ein recht brauchbarer Amateurfußballer. An gewissen Nachmittagen im Sommer traf ich mich mit anderen Pickelgesichtern der Nachbarschaft auf dem Parkplatz einer Fabrik für Autoersatzteile.

Wir teilten uns auf in Toro- und Juve-Fans, der einzige Inter-Fan wurde per Los zugeteilt. Er war ein paar Jahre älter als wir, und mit dem Kopf bekam er jeden Ball.

Es waren erbittert geführte Spiele, die fast jedes Mal durch höhere Gewalt unterbrochen wurden: einen Arbeiter, der unseren Ball beschlagnahmte, weil wir ihn gegen sein Auto geschossen hatten, eine lärmempfindliche Alte, die uns von ihrem Balkon herab eimerweise mit eiskaltem Wasser übergoss.

Eines Abends, als ich nach einer denkwürdigen Partie – bei Spielstand 15 zu 15 wegen Beschlagnahmung des Balls abgebrochen – allein auf dem Heimweg war, wurde ich von einer Gang Rowdys auf ihren Mopeds umzingelt. Es waren viele, und alle größer als ich.

»Was hast du mit meiner Schwester gemacht?«, erkundigte sich der Chef der Bande und riss mich dabei am verschwitzten Trikot.

»Ich?«

»Ja, du Idiot. Was hast du mit ihr gemacht, hm?«

»Du verwechselst mich. Ich kenne deine Schwester nicht. Und dich auch nicht.«

Ein schwarzer Striemen wirbelte durch die Luft und verwandelte sich in Schmerz. Ich glaube, sie haben mit einer Kette auf mich eingeschlagen.

Ich fiel auf den Gehsteig, und die Mopeds begannen einen absurden Ringelreihen, zogen immer engere Kreise um mich.

»Wollt ihr Geld? Hier habt ihr es!«

Ich warf mein Portemonnaie in die Luft, aber erst nachdem ich das getan hatte, erinnerte ich mich, dass es leer war.

Der Bandenchef nahm das gar nicht gut auf.

»Dann hat meine Schwester also recht, du bist wirklich ein Idiot.«

»Idiot« und »Schwester«. Er hatte nur diese beiden Begriffe im Kopf, keine Chance, das Thema der Unterhaltung etwas zu erweitern.

Sein Moped war drauf und dran, mir über die Beine zu fahren, als ein grau gekleideter Typ die Straße überquerte. Mit einem Schwung aus der Hüfte sprang ich auf und lief auf ihn zu.

»Hilfe, die wollen mich umbringen! Ich bitte Sie, begleiten Sie mich nach Hause. Ich wohne gleich hier in der Nähe.«

Der grau gekleidete Typ nahm mich bei der Hand, und wir gingen los, dicht gefolgt von dem Schwarm Mopeds: Der Bandenchef hatte die Feigheit im Herzen dieses Mannes erkannt.

»Hau ab, Freundchen, ich muss diesem Idioten hier eine Lektion erteilen. Er hat meiner Schwester was angetan.«

»Hören Sie nicht auf sie, Signore!«, flehte ich den Mann an.

»Was genau hast du ihr getan?«

Jetzt bespuckten die Bandenmitglieder ihn. Versuchsweise machte er noch einen Schritt, dann ließ er meine Hand los.

»Entschuldige, ich habe auch einen Jungen zu Hause … Ich habe auch einen Jungen …«

Seine Flucht war so erbärmlich, dass meinen Peinigern die Lust verging, mich zu belästigen. Mit einem hastigen Sprung konnte ich mich in einer Bäckerei in Sicherheit bringen.

Ihre Gesichter vergaß ich schnell. Das des Mannes in Grau dagegen suchte mich noch lang in meinen Albträumen heim, zusammen mit einer offenen Frage: warum alle miteinander, ob Mama oder Fremde, mich im entscheidenden Augenblick im Stich ließen.

Das Lügengespinst, in dem ich mich bewegte, um mein existenzielles Gebrechen vor der Welt zu verbergen, wurde immer dichter. Bis in dieses Gewirr aus brüchigen Fäden ein Lichtschein drang.

Das geschah am Morgen meines dreizehnten Geburtstags, als ich auf dem Nachttischschränkchen neben der Rhombendecke in einer Geschenkverpackung eine Platte von Barry White fand.

»Die schickt dir Sveva«, sagte Papa.

»Wer ist Sveva?«

»Eine Kollegin.«

»Trägt sie Strümpfe mit Pythonmuster?«

»Nicht dass ich wüsste.«

»Und warum schenkt sie mir Barry White? Ich weiß nicht einmal, wer das ist.«

»Eine Kollegin von mir, habe ich dir doch gesagt.«

»Ich meinte Barry White.«

»Das weiß sie auch nicht. Sie hat sich die Platte von dem Verkäufer im Geschäft empfehlen lassen.«

»Und wer hat sie dir empfohlen?«

»Meinst du das ernst, oder machst du Spaß?«

»Ich mache ernsthaft Spaß.«

»Uff … deinen flauen Humor verstehe ich nicht.«

Papa liebte Witze. *Sind ein Deutscher, ein Franzose und ein Italiener* … Er war gut im Witzeerzählen. Im Sommer am Meer lachten alle darüber: Deutsche, Franzosen und Italiener. Auch wenn ich mich gegen seine Autorität auflehnte, schämte ich mich doch für ihn, wenn er sie ablegte, um ins Clownsgewand zu schlüpfen.

Sveva gefielen Papas Witze. Und Papa. Und auch ich missfiel ihr nicht.

Sie kam zur Vor-Ort-Besichtigung zu uns nach Hause, und die feindseligen Blicke, die sie mit Mita wechselte, trugen ihr viel mehr Punkte ein als die Platte von Barry White.

Monate später, es war Sommer, gingen wir gemeinsam ein Eis essen. Nur wir zwei. Bei der ersten Kreuzung, die wir zu überqueren hatten, nahm sie meine Hand, aber ich wurde ganz steif. Ich war an solche Berührungen nicht mehr gewöhnt.

»Hast du Angst davor, mich lieb zu haben?«, fragte Sveva und gab mir einen Kuss auf die Wange.

Einen Kuss. Mir.

»Du küsst wie eine Mama«, antwortete ich.

»Ich werde nie deine Mama sein. Aber ich hätte sie sehr gern kennengelernt.«

»Ihr wärt Freundinnen geworden. Aber ich glaube nicht, dass sie zugelassen hätte, dass du Papa küsst.«

Wir lachten und konnten gar nicht mehr aufhören damit.

XV

Sveva liebte einen Sohn, der schon größer war und den sie nach dem Tod ihres Mannes allein aufgezogen hatte. Auch bei ihr würde ich also niemals Tabellenerster sein.

Trotz dieses widrigen Umstands erzielten wir durch unsere Allianz bemerkenswerte Ergebnisse. Wir konnten Papa überzeugen, Mita in den Ruhestand zu schicken und mich, auf den Test von Pater Schädel pfeifend, aufs Humanistische Gymnasium.

Ich blieb im selben Schulgebäude, aber mit der berühmten Rede von der Hühnerleber legte ich das feierliche Versprechen ab, meine schulischen Erfolge zu verbessern, unter der Bedingung, dass ich von der Nachmittagsbetreuung und vom Mittagstisch für Feinschmecker befreit wurde.

Wie durch Zauberhand sah ich mich wieder im Besitz meines Zimmers und meiner Nachmittage, die ich mit dem Griechisch-Wörterbuch und der Ablenkung durch das *Tick-Tick* zubrachte.

Ich hatte eine Variante des Spiels eingeführt. Ich war kein Fußballchampion mehr, sondern ein Rockstar. Ich legte eine Platte von Genesis auf, die Pink Floyd Platz eins in der Rangordnung meiner Lieblingsgruppen streitig machten, packte das magische Taschentuch und verwandelte mich in ihren Sänger Peter Gabriel.

Im Geist war ich immer auf Tournee. Ich trat vor Millionen Menschen auf, und sobald ich im Publikum diejenige ausfindig gemacht hatte, die mich interessierte, flüsterte ich ins Taschentuch-Mikrofon: »Das nächste Lied ist für dich …«

Da begannen vor meinem inneren Auge die Bilder abzulaufen, wie mein Alter Ego, von Licht umhüllt, über die Bühne lief und *The Carpet Crawlers* sang. Ich verstand den Text nur zum Teil, aber die Stimme und die Musik sprachen für sich.

Mit dem Toro gewann ich sogar die Meisterschaft. Es war an einem Sonntag im Mai, ich war dort in Gesellschaft von weiteren Siebzigtausend, als unser Graziani den Ball einem Verteidiger des AC Cesena in die Füße spielte.

Kein normaler Mensch hätte sich jemals zwischen die Füße eines Verteidigers des Cesena geworfen. Nur ein mit einem Helden verwandter Engel. Zum Glück gab es diesen Engel, und es war mein Pulici.

Er hatte im selben Jahr, als Mama sich zurückgezogen hatte, in der Ersten Liga angefangen. Ein magerer Pinocchio mit verschreckten Augen. Er lief so schnell, dass er vor dem Ball zur Stelle war. Aber auch wenn er ihn traf, schoss er ihn doch immer in die Wolken oder ins Aus.

Papa sagte, man müsse das Zusammenspiel seiner Füße adjustieren. Jemand steckte die Information dem Trainer, denn der ließ meinen Pulici von abends bis morgens gegen eine Wand kicken. Um das Zusammenspiel zu adjustieren.

Alle vergaßen ihn, alle, außer den Kindern. Während die Erwachsenen sich das Training der Spieler ansahen, drängelten wir uns um den Platz, wo der magere Pinocchio allein gegen eine Wand spielte.

Einmal wurde die Wand wütend und gab ihm den Ball auf die Nase zurück. Mein Pulici fiel auf die Knie und bedeckte sich das Gesicht mit den Händen, als ob er im Verborgenen weinen wollte.

Da fasste ich Mut und rief ihm zu: »Nicht aufgeben, Pulici!«

Ich glaube nicht, dass er mich gehört hat. Wir in Turin rufen sehr leise, das ist eine unserer Besonderheiten. Aber von jenem Tag an wurden seine Bälle immer gezielter und seine Muskeln immer kräftiger. Bis der Trainer es eines Sonntags für richtig hielt, ihn in Cagliari wieder aufzustellen, ohne mir etwas davon zu sagen.

Ich hatte zu dem Auswärtsspiel nicht fahren können, weil Papa mit Grippe im Bett lag, aber als es im Radio hieß, dass der Toro durch ein Tor Pulicis in Führung lag, riss ich das Wohnzimmerfenster auf und rief hinaus: »Nicht aufgeben, Pulici!«

Ich war so glücklich, dass ich fast aus dem Fenster gefallen wäre.

Von da an schoss er ein Tor nach dem anderen. Aber alle seine Heldentaten waren nur ein einziges langes Vorspiel zu jenem Sonntag im Mai, als unser Graziani den Ball dem Verteidiger des Cesena in die Füße spielte.

Der Engel stürzte auf die Erde, als ob ihm etwas heruntergefallen wäre, das schon seit Zeiten darauf wartete, aufgehoben zu werden. Er brachte seine Stirn zwischen die Schnürsenkel des Verteidigers, der erlahmte Ball flog erneut auf und vollendete seine Bahn im Netz.

Ich riss den Mund auf, um zu schreien, aber es drang nichts heraus. Mein Pulici kam mit ausgebreiteten

Armen und geballten Fäusten auf mich zugelaufen. Ich schaute auf die granatroten Fahnen, die wogten wie fliegende Teppiche, und dann in den Himmel. Alle waren sie da: Gigi Meroni und Die da, die wie wild ihre Fahnen schwenkten. Hinter ihnen, etwas am Rand, nahm eine nur an den blonden Haaren zu erkennende Frau mit anmutigem Beifall an der Freudenfeier teil.

Ich war glücklich wie ein Idiot. Nach zu häufigem Abtauchen in die Abgründe verspürte ich endlich Lust, an der Oberfläche des Lebens dahinzugleiten, mich von der Illusion zu nähren, ich sei wie die anderen.

Belfagor hätte bestimmt etwas auszusetzen gehabt. Aber er war weniger penetrant als früher. Wahrscheinlich wurde auch er zum Idioten.

Blieb das Problem der leeren Stelle in der Familienkrippe. Sveva lebte mit ihrem Sohn zusammen, und jeden Abend gingen Papa und ich zum Abendessen zu ihr. Im Winter war es eine Qual, in einer fremden Wohnung vor dem Fernseher einzuschlafen und dann in der nächtlichen Eiseskälte nach Hause zu gehen.

Zu uns kam nie jemand. Am allerwenigsten meine Schulkameraden. Sie sollten nicht merken, dass unsere Wohnung kleiner war als ihre und ganz ohne Mutter. Es bestand aber doch immer die Gefahr, dass plötzlich jemand unten klingelte. Deshalb hatte ich das Foto von Mama aus dem Regal genommen. Ich verwahrte es in der untersten Schublade unter einem Stapel Musikzeitschriften.

Eines Winterabends, während es draußen schneite, rief Papa mich in sein Arbeitszimmer.

»Wo ist das Foto geblieben?«

Er versuchte, mir in die Augen zu schauen, aber die wichen ihm aus.

»Welches Foto?«

»Das gleiche wie das hier.«

Er zeigte auf das Bild von Mama, das hinter der Glasscheibe des Bücherschranks thronte, sozusagen als Fixpunkt inmitten eines Knäuels von Napoleon-Biografien.

»Ich kann mich nicht erinnern, wohin ich es getan habe.«

»Schämst du dich für deine Mutter?«

Ich schwieg eine Weile: Ich kann nicht sagen, wie lang, aber gewiss weniger lang als die sieben Jahre, in denen er mir gegenüber geschwiegen hatte. Dann sagte ich: »Erzähl mir, wie sie gestorben ist.«

XVI

Im Frühsommer hatte Mama entdeckt, dass sie Krebs hatte. Die Operation kam zu spät: Das Übel hatte schon um sich gegriffen.

In den Monaten, als ich dachte, sie habe uns nicht mehr lieb, hatte sie ihren Körper einer Strahlentherapie unterzogen und sich Mühe gegeben, nichts erkennen zu lassen, was mich schrecken konnte. Sie war immer traurig, aber nicht ihretwegen. Unseretwegen. Sie wollte uns nicht verlassen.

Am Silvestermorgen war mein Vater aus dem Schlaf aufgeschreckt und hatte sie in meinem Zimmer gefunden, sie saß an meinem Bett und deckte mich zu.

Sie hatte ihn beruhigt: Geh wieder schlafen, ich bleibe noch ein wenig hier. Das letzte Bild, das er von Mama hatte, war sie, den Kopf über mich gebeugt, während es draußen schneite.

Wahrscheinlich war ihr in meinem Zimmer übel geworden. Eine heftige Attacke hatte sie dazu bewogen, den Morgenrock auszuziehen. Sie war über den Flur zum Sofa im Wohnzimmer gelaufen, aber nie dort angekommen.

Als hätte er eine Vorahnung gehabt, war Papa fast sofort wieder aufgewacht und hatte ihren Körper zusammengekrümmt auf dem Teppich gefunden.

Die Illusion, sie könne noch am Leben sein, war mit Eintreffen der Ambulanz und der Diagnose des Notarztes verschwunden: plötzlicher Herzinfarkt.

Mama hatte immer ein schwaches Herz gehabt, und die Strahlentherapie in Verbindung mit dem Fortschreiten der Krankheit hatte die Widerstandskräfte ihres Organismus zunichte gemacht. Aber sie hatte bis zuletzt gekämpft, um uns nicht allein zu lassen.

»Für eine solche Mutter brauchst du dich wirklich nicht zu schämen«, schloss mein Vater.

Ich trat ans Fenster und blickte auf das schneebedeckte Stadion unter mir.

Vielleicht hatte sie die Zeit gefunden, den Schnee anzuschauen. An jenem Todesmorgen war überall Schnee gewesen: im Himmel wie auf Erden.

Wer weiß, ob sie Schnee mochte. Ich wusste es nicht. Ich wusste nichts von ihr. Die ideale Voraussetzung, um einen Mythos aus ihr zu machen.

XVII

Mama wurde mein Engel ohne Fehl und Tadel. Der Teufel dagegen war die Mutter eines Reichensöhnchens in der Schule. Ich sah sie immer vor der Schule stehen, betont lässig an die Tür ihres Jeeps gelehnt. Blond gefärbtes Haar, aggressiv geschminkte Lippen und enge Jeans, die in spitzen Stiefeln steckten, schwarz wie die Mafioso-Sonnenbrille.

Ich hatte eine Art Albtraum. In den Weihnachtsferien wachte ich im Morgengrauen auf und musste feststellen, dass mein Zimmer von außen abgeschlossen war. Durchs Schlüsselloch konnte ich im Flur eine Art Thron erkennen, darauf saß sie, die Blondine mit dem Jeep. Sie hatte Mama den Krieg erklärt, hatte sie umgebracht und unsere Wohnung besetzt.

Zwei Unbekannte hatten Papa unter den Achseln gepackt und schleiften ihn vor sie. Eiskalt ertönte die Stimme aus dem Mund der Blondine.

»Gib mir den Schlüssel zum Kinderzimmer, oder ich bringe dich auch um.«

In dem Moment tauchte Mita auf, mit entblößtem Zahnfleisch und einem Schlüssel in der Hand.

»Ich habe hier einen Zweitschlüssel, Gräfin!«

Die Blondine erhob sich von ihrem Thron und kam auf mein Zimmer zu.

Mit einem Satz schlüpfte ich ins U-Boot und sah durch einen Spalt zwischen den Laken auf die Tür.

Da, sie ging auf, und auf der Schwelle kam ein spitzer schwarzer Stiefel zum Vorschein ... und Mamas beruhigendes Lächeln, darunter das Tablett mit der Jause.

Dasselbe Lächeln wie auf dem Foto, das ich in der Schublade versteckt hatte.

Jetzt prangte ihr Porträt zwischen dem Poster meines Pulici und dem von Peter Gabriel. Ich bedauerte, dass sie nicht die Gabe des Wortes hatte, sonst hätte ich sie um Rat gefragt in einer rätselhaften Angelegenheit, die anfing, mir mehr Kopfzerbrechen zu machen als Genesis und sogar als der Toro. Die Mädchen.

In meinen glücklichen Kinderjahren, als das Leben noch ein einziges Honigschlecken schien und ich von Frauen umgeben war, wie es sich jeder Playboy wünschte, barg das weibliche Universum kein Geheimnis für mich.

Die erste Liebesgeschichte spielte sich im Sommer ab, in einem Hotel im Gebirge. Sie trug Zöpfe und hieß Cristina. Sie war sieben und hatte einen zehnjährigen Verehrer, den alten Antonello.

Eines Tages kam Cristina mit weinerlicher Stimme auf mich zu: Antonello hatte sie von der Schaukel geschubst.

Zur Strafe rammte ich ihm mehrfach den Kopf in den Bauch – höher hinauf kam ich nicht, dazu war er zu groß –, und er erwiderte die Freundlichkeit, indem er methodisch auf mich eindrosch wie auf einen Dudelsack. Aber der schlimmste Schmerz war, Cristina und Antonello wieder einträchtig auf der Schaukel sitzen zu sehen. Wenn ich es recht bedenke, habe ich auch damals nicht sonderlich viel vom weiblichen Universum begriffen.

Aber Mama war da, und die Verletzung des Selbstwertgefühls war schnell verheilt. Nach einer Woche inbrünstiger Schaukelei kam es zwischen Cristina und Antonello dann endgültig zum Bruch.

In der Nacht der ersten Mondlandung platzte Cristina in den Fernsehraum, ging an dem Sessel, in dem Antonello saß, vorbei, als ob er Luft wäre, und kam auf mich zu.

»Gehen wir hinaus und schauen uns den Mond an?«

»Der Mond ist hier«, wandte Antonellos Mutter ein, womit sie den Bildschirm meinte, über den milchige Bilder flimmerten.

Abgesehen davon, dass Cristina sich an mich gewandt hatte und nicht an ihren Sohn – wie konnte man einen Fernseher dem Himmel vorziehen?

Mama schien meine Gedanken erraten zu haben.

»Geh nur, aber zieh dir einen Pullover an.«

Sie drückte mich in einer ihrer berühmten Umarmungen.

»Träum was Schönes. Oder besser, träumt gemeinsam was Schönes. Gemeinsame Träume zählen mehr.«

Cristina und ich streckten uns auf der Wiese beim Hotel aus, das Gesicht nach oben gewandt. Es war ein Dreiviertelmond, er leuchtete in einem Sternenkranz und war viel näher als drinnen im Fernseher.

Ich zeigte auf einen Flecken auf der zerfurchten Oberfläche.

»Schau, das Raumschiff!«

»Das ist nicht das Raumschiff. Das ist Arrosto«, erwiderte sie mit von meiner Unkenntnis angewiderter Miene.

»Kannst du ein Geheimnis für dich behalten?«, flüsterte sie weiter. »Mama hat mir erzählt, dass vor langer, langer Zeit schon einmal ein Italiener auf dem Mond war. Ein gewisser Arrosto, und er ritt auf einem Hippogriffel.«

»Deine Mama hat ja keine Ahnung. Meine hat mir erklärt, auf dem Mond, da wohnt Giovannino, der Packdichandernase.«

»Der Packdichanderwas?«

»Das ist ein Mann, der dir die Nase raubt, wenn du lügst, und sie da hinaufbringt.«

»Und warum?«, fragte Cristina erschaudernd, während sie sich an die eigene Nase fasste, um sich zu vergewissern, dass sie noch an ihrem angestammten Platz war.

»Um sie zu essen, oder? Die meine wird er schon ein Dutzend Mal verspeist haben.«

Ich glaubte, sie beruhigt zu haben. Doch sie stieß einen Schrei aus. Auf der Mondoberfläche war ein zweiter Flecken erschienen.

»Giovannino geht auf Arrosto los, um ihm die Nase wegzufressen!«, sagte sie.

»Ich hab dir ja gesagt, dass die Geschichte mit dem Hippogriffel gelogen ist.«

»Sei ruhig!«

Aus den Fenstern des Hotels drangen die Stimmen der Fernsehreporter, die über die Mondlandung stritten.

»Er hat den Boden berührt!« – »Er hat ihn nicht berührt!«

Cristina schüttelte den Kopf.

»Armer Arrosto! Wenn die Astronauten hinkommen, wird Giovannino ihm die Nase schon weggefressen haben.«

»Mach dir keine Sorgen. Sie wächst ja nach.«

Ich habe Happy Ends immer gemocht.

XVIII

Seit der Zeit des Mondes hatte ich nur Rückschritte gemacht. Finster und ungeschickt bewegte ich mich auf einer von Männern überbesetzten Bühne und trat ins Zeitalter der Liebe ein ohne jedwede Vertrautheit mit dem weiblichen Geschlecht.

Papas Beitrag bestand darin, mich erneut zu dem Möchtegernpsychologen zu schicken. Doktor Frassino forderte mich auf, die Hosen herunterzulassen, und überprüfte die Größe meines Penis, um sich zu vergewissern, dass das kindliche Trauma ihn nicht hatte verkümmern lassen.

Alles im Normbereich, sagte Frassino, er wird dir Befriedigung verschaffen. Ende des Kurses in Sexualerziehung. Die der Gefühle war Pater Nicos Maximen überlassen: »Eine Frau sieht in einem Pferd nur das Pferd. Der Mann das Wesen des Pferds.«

Pater Nico war der Lehrer für Griechisch, Latein, Religion, für alles. Er betrachtete Frauen als dekoratives Element, wie die Sahneverzierungen auf einer Torte. Er vertrat die Ansicht, bevor wir unsere Verlobten heirateten, müssten wir sie einen Aufsatz schreiben lassen, auch wenn nicht klar war, wer den dann korrigieren sollte: wahrscheinlich er.

Hätte er im Mittelalter gelebt, wäre er Tempelritter

gewesen. So begnügte er sich damit, die katholische Version von Superman zu geben. Er schlief drei Stunden in der Nacht und las unentwegt, auch beim Essen oder Gehen, und kultivierte unversöhnliche Feindbilder. »Ich bin für ein Höchstmaß an Wahlfreiheit. Wenn ihr rechts seid, wählt den rechten Flügel der Democrazia Cristiana. Wenn ihr links seid, wählt den linken Flügel der Democrazia Cristiana. Hauptsache, ihr wählt die Democrazia Cristiana: gegen die Scheidung und gegen Abtreibung.«

Im Abiturjahr vor den ersten Prüfungen führten wir in der Klasse eine Testwahl durch und schrieben das Ergebnis an die Tafel.

Als Pater Nico las, dass fast einstimmig der PR gewählt worden war, hielt er uns eine sehr betrübte Rede. In Wirtschaftsfragen teile er ja die Positionen des Partito Repubblicano, aber das sei halt doch eine laizistische Bewegung, und es sei seine Pflicht, uns vor den Gefahren der Laxheit auf moralischem Gebiet zu warnen. Keiner hatte den Mut, ihm zu eröffnen, dass PR für Partito Radicale stand, die Kaderschmiede von Pfaffenfressern und seiner Meinung nach der unwiderlegbare Beweis für die Existenz des Teufels.

Um nichts von seiner Unterrichtszeit zu verlieren, prüfte er uns morgens zwischen sieben und acht. Ich liebte Griechisch, Tanz der Götter, und litt unter Latein, Marsch der Soldaten. Ich hegte eine echte Neigung für Homer, obwohl er mir den Streich mit dem Polyphem gespielt hatte, während ich Vergil für einen völlig überschätzten Hofdichter hielt.

Um sieben Uhr eines Wintermorgens befragte Pater Nico mich zum achten Buch der *Aeneis*, von dem ich stolz behaupten kann, es nicht angefasst zu haben. Die Seiten waren noch unaufgeschnitten, und ich musste meine Finger als Papiermesser einsetzen.

»Übersetz ab Vers 26. *Nox erat et terras animalia fessa per omnis.*«

»*Nox erat* … ›Es war Nacht‹ …«

»Weiter.« Er spuckte ein Stück Fingernagel aus. Er hatte die Angewohnheit, Fingernägel zu kauen und die Reste in seinem Umfeld zu verteilen.

»›Es war Nacht‹ … Was soll denn das für ein Vers sein?«

»Wie sagt doch Horaz? *Quandoque bonus dormitat Homerus.* ›Dann und wann schläft selbst der gute Homer einmal‹.«

»Lassen Sie Homer in Frieden, Pater. Andere Liga. Vergil schläft nicht bloß. Er schnarcht und keucht. *Nox erat*, das hätte doch auch ein analphabetischer Gladiator schreiben können. Oder die Wetterwarte der Luftwaffe.«

»Übersetz weiter!«

»Können Sie mir erklären, warum Dante in der *Göttlichen Komödie* Vergil als Führer nimmt statt Homer? Homer war blind, werden Sie sagen. Aber da gab es ja immer noch Platon, Aischylos, Sophokles, Euripides …«

»Eine kühne Theorie, jedenfalls interessant. Ich schenke dir einen halben Punkt: zweieinhalb statt zwei.«

»Nur weil mir ein Vers von Vergil nicht gefallen hat?«

»Nein. Weil du dir nicht einmal die Mühe gemacht hast, die anschließenden Verse zu lesen, und weil du künstlich eine Polemik angezettelt hast, in der Hoffnung, ich würde vergessen, dich nach ihnen zu fragen.«

Ich nahm meine klassische Verrücktenhaltung ein

(geballte Fäuste, verdrehte Augen, Lippen vorgestülpt) und sprang vom Podest hinunter, ein Fingernagelstück flog hinter mir her.

»Komm wieder hierher!«, schrie Pater Nico. »Ich weiß, dass dir das Leben als kleiner Junge arg zugesetzt hat«, fügte er leiser hinzu.

»Ach ja? Und wer hat Ihnen das gesagt?«

Ich bestimmt nicht, da ich nach wie vor an der Legende von der Kosmetikvertreterin festhielt.

»Du glaubst, es dem Leben heimzuzahlen, indem du dich weigerst, erwachsen zu werden. Damit schadest du aber nur dir selbst. Du bist immer aggressiv und streitsüchtig.«

»Wenn sich zur Abwechslung mal jemand für mich begeistern würde, statt bloß für Vergil …«

»Na, sehr schön, da haben wir uns ja auch schon die Ausrede zurechtgelegt! Das arme Opfer, verfolgt von einer Welt, die ihm feindlich gesonnen ist.«

»Das ist keine Ausrede. Wenn ich …«

»Am *Wenn* erkennt man die Gescheiterten! Groß im Leben macht einen nur das *Trotzdem.*«

Jedenfalls hob er meine Note noch etwas an: ganz, ganz knappe drei Punkte.

In diesem Geraschel von Kutten war die einzige dem Weiblichen zuzurechnende Lebensform die Tochter eines Kollegen von Papa, die mir Nachhilfe im Zeichnen gab (ich war bei den Riesentrauben stehen geblieben). Sie besaß eine schier unerschöpfliche Sammlung von Miniröcken und schwarzen Strümpfen. Ich beugte mich dauernd hinunter und tat so, als würde ich meine Schuhe binden, um ihr unter dem Tisch auf die Beine zu schauen.

Sie verschwand an dem Tag, als sie entdeckte, dass ich Mokassins trug.

In meiner Phantasie sehnte ich eine ideale Schwester im Minirock und mit schwarzen Strümpfen herbei, die mir meine Einsamkeit erträglicher machen würde. Aber vielleicht war es keine Schwester. Eine Verlobte. Oder eine Mama. Oder alles drei zusammen. Ich verstand nicht, warum einige meiner Klassenkameraden ständig mit den ihren stritten. Sie hätten sie lieber mir ausleihen sollen.

Es gab nicht einmal eine Banknachbarin, der man Gedichte schreiben und insgeheim auf den Busen schauen konnte. Man musste sich mit dem zufriedengeben, was so geboten wurde. Will sagen, mit der Mädchenschule am Ende der Straße. Eine Ansammlung stiller Wasser, die unter Selbstkasteiungen sündigten. »Tu das nicht, denn das gefällt mir«, stammelten sie, während sie sich von einem der älteren Jungen umarmen ließen. Zu mir sagten sie bloß: »Du bist wirklich süß« – das Stoppschild.

Als Heranwachsender teilte ich Frauen in zwei Kategorien ein: unerreichbare Madonnen und auszunützende Rotkreuzschwestern. Madonnen verführt man nicht. Man verehrt sie. Und ich verehrte sie, das Herz zernagt von ihrer Gleichgültigkeit. Doch sobald sie Interesse an mir zeigten, hörte ich auf, mich für sie zu interessieren.

Um der Angst vor einem möglichen Verlassenwerden zu begegnen, ließ ich mich nur bei denen gehen, die ich zu kontrollieren glaubte. Besonders gut beherrschte ich die Hinhaltetaktik.

»Liebst du mich?«, fragten sie. Ich zählte bis elf (die

Nummer auf dem Trikot meines Pulici), dann erfand ich ausweichende Antworten: a) ich weiß nicht; b) ich habe Angst; c) ich habe Angst, ich weiß es nicht.

Ein Aas, wenn ich jetzt daran denke. Und von der schlimmsten Sorte: Aas, ohne es zu wissen.

Aber war ich wirklich so? Oder hat mein Gedächtnis die Erinnerung so manipuliert, dass sie dieses bequeme Bild von mir selbst produziert? Ist es doch weniger beschämend, sich das Etikett Aas zu verpassen – ein unbewusstes obendrein! – als das des Feiglings.

Um den Zusammenprall mit der wirklichen Welt zu dämpfen, hatte Belfagor meine Sinne sediert. Nichts begeisterte mich, nicht einmal Regelüberschreitungen. Ich trank nicht, nahm keine Drogen und rauchte keine Joints, nur Zigaretten. Ich hatte nichts für Extremsportarten übrig und auch nichts für lange Partys: Ich habe das Morgengrauen öfter beim Erwachen als beim Schlafengehen erlebt. Ich war weder rechts noch links, sondern liberaldemokratisch, was mit achtzehn so ist, als würde man lieber Chinotto als Cuba Libre trinken.

Politische Utopien machten mir Angst, genauso wie Gefühle, Träume, alles. Auch wie Mama. Die Verehrung verblasste, und Gleichgültigkeit stellte sich ein. Ihr Foto wurde nicht mehr versteckt. Es wurde einfach vergessen.

Mein Geist bewegte sich auf niedrigstem Level. Ich glaubte an nichts, außer an ein paar Songs. Das Studium der materialistischen Philosophen und der exzessive Umgang mit Priestern hatten einen spöttischen Atheisten aus mir gemacht. Gott war eine Erfindung des Menschen. Mit dem Tod war alles zu Ende.

Dem Priester, der mir am ersten Mittwoch der Fastenzeit das Aschekreuz auf die Stirn machte, lachte ich ins Gesicht. Ich wusste nur zu gut, dass ich wieder zu Staub werden würde und dass von meiner Mutter nichts geblieben war als Staub.

JEDER JUNGE TRÄGT
DIE IDEE EINER FLUCHT
IM HERZEN

XIX

Jeder Junge trägt die Idee einer Flucht im Herzen, und die sicherste Art, vor sich selbst zu fliehen, besteht darin, sich in eine Person zu verlieben, die nicht zu einem passt.

An der Uni begegnete ich der sehr großen, sehr schönen und äußerst narzisstischen Alessia. Die Signorina der ersten Male.

Das erste Mal, dass ich das Risiko einging, eine Abfuhr zu erhalten (dabei kam das Ja, noch bevor ich meine Frage zu Ende gestellt hatte). Das erste Mal, dass es mir gelang, einen BH mit einer einzigen, harmonischen Handbewegung zu öffnen. Das erste Mal, dass ich mit einer Frau schlief.

Wie so oft war das kein denkwürdiges Ereignis: Alessia schien vor allem darum besorgt, sich ihr Make-up nicht zu ruinieren, und ich fühlte mich als Dieb, der endlich den Tresor öffnet und sieht, dass er leer ist.

Sie wurde meine Freundin, umgab sich aber auch weiterhin mit einem Hofstaat von stummen Verehrern, die sie in einem permanenten Schwebezustand hielt: Um sich immer wieder bestätigen zu lassen, wie faszinierend sie war, weckte sie trügerische Illusionen. Sie war eine dieser emotional gefährlichen Personen, die sich in ihrem Egoismus gefallen, indem sie ihn als Sensibilität ausgeben.

Ich war der Letzte, der sich zu ihrem moralischen Lehrmeister aufwerfen konnte. »Träum was Schönes«, hatte Mama mir gesagt. Ich hingegen machte mir einen Traum nach dem anderen zunichte.

Ich hätte gern eine Geistes- oder Politikwissenschaft studiert, um das Abenteuer des Journalismus zu wagen, aber mein Vater hatte nie aufgehört, gewisse napoleonische Ambitionen zu hegen. Er sah mich als Doktor der Wirtschaftswissenschaften und dann an der Spitze eines Unternehmens.

Ich verteidigte meinen Traum nicht, aus dem einfachen Grund, weil ich nicht mehr auf ihn hörte. Träume sind in der Seele verwurzelt, und die meine war außer Betrieb.

Wir fanden einen akzeptablen Kompromiss, mit dem wir beide leben konnten: die juristische Fakultät.

»Wenn du in allem anderen scheiterst, kannst du dann immer noch Anwalt werden, wie deine Mutter sich das vorgestellt hat«, fasste Papa in seiner pragmatischen Art zusammen.

Doch die Verantwortung für diesen Fehler lag ganz allein bei mir. Ich hatte das falsche Studienfach und das falsche Mädchen gewählt, aus Angst, meine Träume zu verfolgen. Es war abzusehen, dass ich damit gegen die Wand fahren würde.

Als Alessia telefonisch mit mir Schluss machte, nachdem sie in der Minute zuvor noch behauptet hatte, mich zu lieben, stürzte meine Festung in sich zusammen, und Belfagor bemächtigte sich meines Gehirns.

Meine Versuche, sie zurückzugewinnen, scheiterten kläglich, und ich hörte auf, an die Uni zu gehen. Ich ließ die Jalousien herunter und verbarrikadierte mich in meinem Zimmer.

Ich weiß nicht, ob in der Liebe gewinnt, wer flieht, aber sicher ist, dass der Verlierer bleibt, wo er ist: Er rührt sich nicht vom Fleck. Stundenlang saß ich am Schreibtisch, mein einziger Trost die Songs von The Police und eine Stange Camel Light (in diesem Light steckte meine ganze Feigheit).

Mithilfe des bisschen Psychoanalyse, das ich für Kriminalanthropologie gelernt hatte, legte ich ein umfangreiches Dossier über mich selbst an, worin ich mir in trockenen Worten und in der dritten Person einige vermutete Wahrheiten attestierte.

In dem Kapitel mit dem Titel *Diagnose* schrieb ich: »Da das durch den Tod der Mutter verursachte Trauma das wahre Selbst des Subjekts versehrt hat, ist nichts, was dieses Subjekt tut, denkt oder sagt, ihm, sondern einer dysfunktionalen Persönlichkeit zuzuschreiben, die sich im Lauf der Jahre in ihm herausgebildet hat. Eine Art existenzieller Eindringling.«

Aber wie sollte »das Subjekt« das wahre Selbst wiederfinden? Mit dieser Frage beschäftigte sich das *Prognose* betitelte Kapitel, wo die häufigsten Redewendungen »es ist nötig« und »man muss« waren, wie bei politischen Kundgebungen.

»Es ist nötig, das Hirn und die Sinne auszuschalten, da sie unvermeidlich in Mitleidenschaft gezogen sind. Man muss den Instinkt freilegen, das einzige von dem Trauma nicht betroffene Strukturelement.«

Das warf schwerwiegende Probleme auf. Wie konnte ich denn in Kontakt mit dem »Strukturelement« kommen, wenn nicht über das Hirn und die Sinne, die aber mittlerweile zu unbrauchbaren Werkzeugen verkommen waren? Und vor allem, wer garantierte mir denn, dass der Verfasser des Dossiers das wahre Selbst war und nicht der »existenzielle Eindringling«?

Diese Einwände trieben meine Selbstanalyse an einen toten Punkt, wo sie wochenlang stillstand. Die Erleuchtung stellte sich eines Sonntagmorgens ein, während ich das völlig verrauchte Zimmer lüftete: Um wieder ich selbst zu werden, brauchte auch ich frischen Wind.

Aber nix mit Auto oder Zug, es würde eine innere Reise sein. Ich würde mein Leben löschen, indem ich die Zeiger der Uhr auf den Morgen zurückstellte, da ich als Halbwaise aufgewacht war. Ich legte den Zeitpunkt fest, zu dem dieser neue Kurs eingeschlagen werden sollte: 11:11 Uhr des folgenden Tages. Allerdings saß ich dann um 11:11 Uhr auf dem Klo – nicht eben der geeignete Ort für eine Initiation.

Belfagor räumte dem Wahren Selbst eine weitere Frist von vierundzwanzig Stunden ein, woraus erst achtundvierzig und schließlich zweiundsiebzig Stunden wurden. Ich war festgefahren.

Nach weiteren Verlängerungen der Klausur und des Deliriums riss ich eines Abends die Tür zu meinem Zimmer auf, um Sveva, der einzigen Person, zu der ich noch den Anschein einer menschlichen Beziehung unterhielt, zuzurufen, dass ich die Lösung gefunden hatte. Um mein Wahres Selbst zu finden, musste ich das durch Mamas Tod gestörte Gleichgewicht wiederherstellen, indem ich auch sie in der Vorstellung wieder zum Leben erweckte.

Wenn ich nur imstande gewesen wäre, hätte ich versucht, sie zu zeichnen, und dabei ein für alle Mal darauf verzichtet, ihr Trauben in die Hand zu geben. So aber begnügte ich mich damit, ihre Personenbeschreibung auf den neuesten Stand zu bringen.

Sie wäre jetzt sechsundfünfzig. Sie sah natürlich jünger aus, auch wenn ich sie mir gern etwas mollig vorstellte: Sie aß zu gerne Süßigkeiten.

Aber mit welcher Stimme spräche sie zu mir? An die ihre erinnerte ich mich nicht mehr. Welche Farbe hätten jetzt ihre blonden Haare, deren Duft ich aus dem Gedächtnis verloren hatte? Und wie wäre sie gekleidet? Trüge sie noch die Kostüme, zwischen denen ich mich im Schrank verkrochen hatte, wenn wir Verstecken spielten?

Ich irrte in einem geistigen Käfig umher. Eine Vorform des Wahnsinns.

Eines Tages wagte ich mich bis ins Treppenhaus vor, wo ich Palmira traf, voll beladen mit Einkaufstüten. Tiglio war gestorben, sie war nun Witwe. Sie schaute auf meine Augenringe, den ungleichmäßigen Fünftagebart und die sich schon lichtenden Haare. Einen berechtigten Widerwillen überwindend, strich sie mir über die Wange.

»Du bist nicht mehr der, der du mal warst, Kind. Du hast zu viel Kälte abbekommen. Manchmal denke ich an die Wärme, in der du groß geworden wärst, wenn deine liebe Mama da gewesen wäre …«

»Am *Wenn* erkennt man die Gescheiterten! Groß im Leben macht einen nur das *Trotzdem.*«

Jetzt hatte ich mich mit einem Spruch aus Pater Nicos Superman-Handbuch zur Wehr gesetzt. Aber meine Seele war mittlerweile im Leichenschauhaus: Das sagte auch Palmira.

Ihre Worte dröhnten mir im Kopf. Ich fühlte, wie sie in den Bauch hinabsackten, in einer sauren Lache schwammen und von dort versuchten, wieder zum Herzen aufzusteigen.

Belfagors Barrieren waren nicht leicht zu überwinden. Doch ich vernahm den Widerhall einer Stimme. »*Wenn* du mit deiner Mama aufgewachsen wärst, hättest du jetzt weniger Angst zu fallen. Aber du hättest auch weniger das Bedürfnis zu fliegen. Sie ist nicht mehr da, *trotzdem* wird es Zeit, dass du deine Flügel erprobst.«

XX

Mit einem Mal lag mir nichts mehr daran, mein wahres Selbst zu sein. Es hätte mir schon gereicht, jemand zu werden. Lieber noch jemand anderer.

Ich musste jedoch handeln. Die Ungeheuer des Herzens nähren sich von der Untätigkeit. Nicht durch Niederlagen wachsen sie ins Riesige, sondern durch Resignation.

Ich trat aus meinem Gefängnis heraus und ließ mich wieder an der Universität blicken, wo ich in der Prüfung für Strafrecht ein Dreißig *cum laude*, die Bestnote, einheimste. Mir fehlten sechs Prüfungen bis zum Examen, und um mir den Wiedereinstieg zu erleichtern, bat ich die einstigen Kommilitonen um Hilfe. Die standen jedoch schon knapp vor der Dissertation und konnten nicht umkehren, um mich nachzuziehen.

Wieder verbarrikadierte ich mich zu Hause und stellte mir ein Arbeitspensum zusammen, das ich stündlich aktualisierte. Aber das einsame Studium von Fächern, die so fern waren von meinen Interessen, erinnerte mich ständig daran, dass mein Leben die unausweichliche Konsequenz aus defensiven Entscheidungen geworden war.

Ich brauchte Abwechslung und schlug Meinem Onkel vor, mich in seiner Firma anzustellen. Der hatte darauf nur gewartet, aber erst später – vorher sollte ich mein Examen machen. Er gehörte der letzten Generation an, die der Bildung nachtrauerte. Zu Weihnachten schenkte ich ihm Bücher von abwegigen Philosophen, die er wahllos und gierig verschlang.

Ich suchte Zerstreuung in der Freizeit mit Freunden, aber auch die erwiesen sich nicht auf der Höhe – oder der Tiefe – der Aufgabe. Zu der Zeit umgab ich mich mit einer Gruppe von Studenten des Ingenieurwesens. Solide, handfeste junge Männer, die meine Qualen als Grillen abtaten und mir nette, nichtssagende Mädchen vorstellten.

Sie wussten nicht einmal, dass ich Waise war. Beziehungsweise wussten sie es nicht von mir: Ich wollte darüber nicht sprechen, und die Anwesenheit von Sveva, die nach der Hochzeit ihres Sohnes zu uns gezogen war, ersparte mir alle weiteren Erklärungen.

Gewöhnlich finden junge Männer in existenziellen Nöten einen Weg, sich auszuleben in Politik oder Theater und Film. Aber ich hatte nicht genug Lebensenergie, um ein kreatives Talent zu nähren. Und Ideologien erschienen mir nach wie vor wie die Liebe: Utopien, unvereinbar mit der egoistischen Natur des menschlichen Wesens, vor allem meines eigenen.

Auf Anregung von Sveva ging ich in ein Fitnessstudio, um Giftstoffe abzubauen. Aber die beiden Trainer mit athletischer Statur – die ich alsbald »die Bonzen von Riace« taufte – schlugen mir vor, Anabolika zu nehmen, um so zu werden wie sie, und sie sahen mich nicht wieder.

Blieb noch die Psychoanalyse, aber um mich auf die Couch zu legen, hätte ich meine Scham überwinden und

Papa um Geld bitten müssen, der die Seelenzergliederei als Zeitvertreib für Zeittotschläger betrachtete.

Mir fällt auf, dass ich in den letzten Sätzen häufig das Wörtchen *aber* verwendet habe. Damals war das mein tägliches Lieblingswort. Ich lebte mit dem Gefühl einer Mauer von Unvereinbarkeit, an der meine sämtlichen kurzfristigen Begeisterungen zerschellten.

Nach und nach schob ich die Lehrbücher an den Rand des Schreibtischs und ersetzte sie durch Ratgeber in Sachen Selbstwertgefühl.

Nimm dein Leben in die Hand

Die Kunst, Freunde und Macht über andere zu gewinnen

Neurosen sind überwindbar

Vertreib die Sorgen und fang an zu leben

In jedem Buch markierte ich die wesentlichen Sätze mit dem Highlighter. Aber die hervorgehobenen Sätze mehrten sich bei jedem Mal lesen, und am Ende fand ich mich mit durchgängig orange bemalten Büchern wieder.

Auswendig lernte ich:

– Björn Borgs Einführung zu einem Tenniskurs in der schwedischen Tennisvereinigung: »Zu wenig Selbstvertrauen ist ein Problem: Dadurch verlierst du die Kontrolle über deine Handlungen.«

– das Gedicht *Wenn* von Rudyard Kipling: »Wenn du träumen kannst – ohne Träume zu deinem Herrn zu machen, / Wenn du denken kannst – ohne Gedanken zu deinem Ziel zu machen«

– das anonyme, in der Old Saint Pauls Church von Baltimore gefundene Gedicht, worin es um dieselben Fragen geht, allerdings mit geringerer literarischer Qualität:

»Sei nicht zynisch im Hinblick auf die Liebe, denn trotz aller Bitternis und aller Enttäuschungen ist sie ewig wie das Gras.«

In der Tat hatte man soeben die Wiese vor unserem Haus asphaltiert.

Sogar aus dem *Großen Gatsby* machte ich einen Ratgeber, indem ich mich mit dem romantischen Aufschneider identifizierte, der der falschen Frau in die Fänge geht. Schon als kleiner Junge hatte Gatsby hart an sich gearbeitet und sich mit guten Vorsätzen eingedeckt: »Kein Kautabak mehr und jede Woche ein gutes Buch oder eine niveauvolle Zeitschrift lesen.«

Auch ich begann mich mit Vorsätzen einzudecken. »Elfmal elf Kniebeugen am Tag machen und Spanisch lernen.«

Ich mied die beiden Bände Handelsrecht und lernte einen Monat lang Spanisch und machte Kniebeugen.

Dann, von einem Tag auf den anderen, wischte ich dieses ganze Theater vom Tisch und zog ein anderes auf: »Den ganzen Mozart hören und den ganzen Jung lesen. Nach elfwöchiger Kur Alessia anrufen.«

Es waren kaum zwei Wochen vergangen, als Sveva ins Zimmer stürmte, mir Jung aus den Händen und die Kopfhörer mit Mozart vom Kopf riss.

»Meinst du, ich habe nicht bemerkt, dass du deinen Vater an der Nase herumführst? Du gehst nicht mehr zur Universität, legst nur hin und wieder eine Prüfung ab, wenn überhaupt. Einer mit deinen Fähigkeiten. Du solltest dich schämen!«

Sie brach in Tränen aus.

»Ich bin es nicht wert, dass du meinetwegen weinst«,

erwiderte ich rhetorisch, war aber im Grunde geschmeichelt.

»Dein Vater und ich, wir sind dabei, uns zu trennen. Er sagt, er will seine Freiheit wiederhaben. In ein paar Jahren ist er so alt wie dein Großvater, als er starb, daher will er auf nichts mehr verzichten.«

»Papa hat Angst vor dem Tod und ich vor dem Leben. Ich könnte ihm einen Tausch vorschlagen.«

»Er sagt, wir sollen ihn in Frieden lassen, es wird schon vorübergehen.«

»Und ich, was kann ich dabei tun?«

»Studieren! Er sagt, sein Unbehagen hängt mit deinem Studienabschluss zusammen, der so lange auf sich warten lässt. Du hast ihn enttäuscht, hast ihm das Vertrauen in die Zukunft genommen.«

»Dann sind wir ja quitt. Aber verstehst du nicht, dass er mich nur als Vorwand für seine eigenen Interessen benutzt?«

»Ich möchte deine Mutter sein, um dir eine Ohrfeige verpassen zu können. Ich hoffe nur, dass sie dort, wo sie jetzt ist, nicht sehen kann, wie heruntergekommen du bist!«

»Du darfst den Namen meiner Mama nicht einmal in den Mund nehmen, verstanden? Raus hier! Oder besser, ich gehe. So könnt ihr euch weiter gegenseitig zerfleischen, ohne mich da mit hineinzuziehen.«

Gesagt, getan. So war es mir also gelungen, auch noch das letzte Band zu durchtrennen, an das sich eine Vorstellung von Zuneigung knüpfte.

Belfagor konnte stolz sein auf meine Fortschritte. Mir war, als hörte ich ihn in meinem Kopf die üblichen Sentenzen murmeln.

»Du wirst immer anders sein als die anderen, und niemand wird dich je wirklich lieb haben.«

Ich erinnerte mich daran, dass Sommer war. Ich holte das Zelt aus dem Keller und fuhr zu den Ingenieursfreunden auf einen Campingplatz an der Adria. Aber um die Seele zu heilen, genügt es nicht, das Krankenhaus zu wechseln. Ich hasste die Freunde, den Campingplatz, das Adriatische Meer, alle Meere dieser Welt. Ich hasste mich selbst.

Eines Morgens erwachte ich mit scheußlichen Schmerzen im hinteren Kiefer. Ich bekam einen Weisheitszahn. Mit fünfundzwanzig.

Mein Selbsterhaltungstrieb machte sich bemerkbar. Ich mochte beschlossen haben, mein Leben den Geiern zum Fraß vorzuwerfen, aber ich würde keinen fremden Zahnarzt in meinem Mund dulden.

Ich nahm den ersten Zug nach Hause. Während ich die Augen schloss, um den Schmerz zu betäuben, löste sich von den fernen Ufern meiner Kindheit eine Erinnerungswelle, rollte heran und überwältigte mich mit dem Bild einer schwarz geränderten Brille, die sich über mich beugt.

Ich versuche, dem finsteren, forschenden Blick auszuweichen, aber ich kann nicht, weil ich einen Bohrer im Mund habe. Das Surren des mechanischen Untiers beruhigt sich, ich drehe den Kopf zu Seite, um zu fühlen, ob ich noch lebe, und die schwarz geränderte Brille vervollständigt sich zu einem Gesicht, das mit Mama spricht und ihr verkündet, dass ein Zahn gezogen werden muss.

Ich kreische. Der Zahnarzt gibt Zeichen von Ungeduld zu erkennen. Dann verlässt er den Behandlungsraum und geht nach nebenan, wo ihn eine Füllung erwartet.

»Dass das Kind sich beruhigt hat, wenn ich wiederkomme!«

»Das mache ich schon, Herr Doktor, keine Sorge«, sagt Mama.

Sie kommt zum Behandlungsstuhl, nimmt mir die Serviette vom Hals und fasst mich bei der Hand.

»Los! Laufen wir weg!«

Im nächsten Augenblick sind wir schon draußen. Eine Bohrerstimme hallt durch das Treppenhaus.

»Wohin gehen Sie, Signora?«

»Ich habe vergessen, ein Kleid aus der Reinigung zu holen.«

»Die Reinigungen schließen in drei Stunden.«

»Aber Sie haben ja gar keine Vorstellung, was für ein Verkehr heute ist.«

Wir laufen auf die Straße hinaus und umarmen uns immer wieder fest. Da erzählt Mama mir, wie sie als junges Mädchen Weisheitszähne bekam und mit allen möglichen Ausflüchten der Qual des Zahnziehens zu entgehen versuchte.

»Und dann?«

»Dann habe ich sie ziehen lassen. In Ruhe. Deiner wird auch gezogen werden, mein Sohnemann. Sobald wir beide etwas weniger Angst davor haben …«

XXI

Meine Zähne waren so weise, mich über Ferragosto in der Stadt zu halten.

Bei einem gemischten Doppel zwischen zwei wahren Könnern und zwei Nieten des Tennis (eine davon war ich) lernte ich Alberto kennen, auch so ein Gestrandeter des Sommers, der in der Redaktion des *Corriere dello Sport* ein und aus ging. Abends begleitete ich ihn zum Spiel des Toro, kritzelte meine Eindrücke auf ein zerknittertes Blatt Papier und schenkte es ihm.

Als er ein paar Wochen später zum Militärdienst einrücken musste, ließ mich sein Chef zu sich rufen, ich solle Albertos Stelle übernehmen. Der Chef hieß Orso und war der erste Journalist, den ich am Werk sah. Nachdem ich mit ihm gesprochen hatte, dachte ich, er wäre wohl auch der Letzte.

»Alberto hat mir eine Seite zu lesen gegeben und behauptet, du hättest sie geschrieben«, begann er, während er mich wie einen Bittsteller im Vorraum seines Büros im Stehen empfing. »Ich habe nicht verstanden, ob du verrückt bist oder nur eine schwierige Kindheit hattest. Eine Hypothese schließt die andere nicht aus, versteht sich. Aber ich neige zur ersten: ein Verrückter. Also wirst du dich bei mir wohlfühlen. Deine Hauptaufgabe wird darin bestehen, mir aus der Bar Kaffee zu holen, ohne allzu viel davon auf der Treppe zu verschütten. Ich warne dich: Du hast nicht die geringste Chance, angestellt zu werden, aber auch in dem rein hypothetischen Fall, dass es dir eines schrecklichen Tages gelingen sollte, deinen Albtraum zu verwirklichen und Journalist zu werden, spreche ich dir schon jetzt mein Beileid aus, denn das ist ein Scheißberuf. Einverstanden?«

Ich antwortete mit Ja, und so fand ich mich wieder, wie ich auf der Schreibmaschine kleine, fieberhafte Stücke über mir unbekannte Sportarten wie Faust- und Trommelball tippte, für tausend Lire pro Nachricht: Der Preis für ein Brioche.

Endlich war ich jemand.

Der Traum vom Schreiben hatte sich ganz unvorhergesehen verwirklicht, als ich schon nicht mehr daran glaubte. Wenn etwas wirklich dein Traum ist, das, wozu du auf der Welt bist, kannst du ihn dein ganzes Leben lang hinter einer Wolke aus Skepsis verbergen, aber los wirst du ihn nie. Er wird darauf warten, dass du eines Tages aufbegehrst, und dir so lange immer wieder verzweifelte Zeichen schicken, wie Langeweile oder Stumpfsinn.

Belfagor und ich schlossen einen Waffenstillstand. Ich verzichtete darauf, die Wunden meiner Seele zu erkunden, und im Gegenzug verpflichtete das Ungeheuer sich, mir den soeben wiedergefundenen Traum nicht durch Injektionen von Misstrauen zu vergiften.

Ich brachte wenig Kaffee und viele Storys in die Redaktion, und allmählich wurden daraus Artikel. Zunächst nur mit den Initialen gezeichnet, dann mit vollem Namen.

Um mir zu ein paar Brioches mehr zu verhelfen, verschaffte Chef Orso mir die freie Mitarbeit am Sportteil des Mailänder *Giorno*. Ironisch wie das Leben sein kann, wollte man dort nur Artikel über Juve.

Unterdessen nahm Papa Abschied von Sveva. Ein Prozess voller Szenen und reumütiger Entschuldigungen. Sie bat mich immer wieder um Hilfe, aber ich tat so, als bemerkte ich es nicht. Belfagor wusste, wie man sich in solchen Situationen verhält: jeder Wahrheit ausweichen, die mit Leid verknüpft ist.

Mein Vater schien von derselben Krankheit befallen zu sein, und um sich von den eigenen Sorgen abzulenken, begann er, sich für meine Wandlung zu interessieren. Er bewegte sich mit der Geschicklichkeit eines Fechters, der die Schwachstellen seines Gegners kennt. In meiner Gegenwart spottete er über die Leere des Journalistenberufs, aber seinen Kollegen las er meine Sportberichte vor, als ob ich der wiedergeborene Jack London wäre.

Es war ein Nervenkrieg, und merkwürdigerweise gelang es mir, ihn durchzustehen. Aufrecht erhielt mich das Bewusstsein, ohne seine Hilfe einen Job gefunden zu haben, vielleicht einen Beruf. Einmal aber beging ich den Fehler, ihn zu fragen, ob Mama stolz gewesen wäre auf meine Wahl.

»Die arme Frau«, antwortete er. »Sie hätte sich gegrämt darüber. Sie wünschte sich eine ernsthafte, sichere Arbeit für dich. Bei der Zeitung wird dich nie wer anstellen.«

Im nächsten Jahr an Ferragosto waren die Zahnschmerzen entschieden vorbei, und ich schmorte in der Hitze einer Telefonzelle im Herzen Sardiniens.

»Ich bin der Chefredakteur des *Giorno*«, sagte die Stimme in der Leitung. »Glückwunsch zu deinen Artikeln über Juventus Turin, als Fan lasse ich mir keinen davon entgehen. Ich habe mich gefragt, ob du vielleicht Lust hättest, zu uns zu kommen.«

»Gern. Aber um als freier Mitarbeiter in Mailand leben zu können, müsste ich im Lotto gewinnen.«

»Du hast schon gewonnen: Wir wollen dich anstellen. Aber lass dir das ja nicht zu Kopf steigen. Der beste Mann in unserer Sportredaktion ist gegangen, und wir können ihn nur durch einen Neuling ersetzen, der wenig kostet. Also, was sagst du dazu?«

»Was ich dazu sage? Wäre ›Yippie‹ recht?«

Ich legte den Hörer auf und machte dem rothaarigen Mädchen, das hinter der Scheibe lächelte, schöne Augen. Dann schloss ich die Kabinentür. Ich hatte ein inneres Telefongespräch zu führen.

»Nach nicht einmal einem Jahr Frondienst eine Anstellung bei einer Zeitung! Und endlich verliebt! Mama, wenn ich denn wirklich zu dir kommen muss, dann mach, dass es jetzt ist. Einen besseren Augenblick zum Sterben gibt es nicht.«

Es war also geschehen. Das Schreiben hatte mich so kühn gemacht, dass ich das Abkommen mit Belfagor einseitig kündigte.

Ich hatte mich unsterblich verliebt. Am Strand bei Lagerfeuer und Gitarre und in einem Schlafsack. Weil wir alle einmal im Leben das Recht haben, zu glauben, dass die Sommerhits eigens für uns geschrieben werden.

Sie hieß wie eine meiner Großmütter, Emma, und war genauso dickköpfig wie sie. Obwohl sie die Begehrteste in der ganzen Runde war, galt sie als tabu. Als zu sehr liiert mit einem Doppelgänger des unglaublichen Hulk, der ihr Traum gewesen und es noch immer war, obwohl sie vor den Ferien Schluss gemacht hatten und er seine Muskelpakete nunmehr ohne sie durch die Welt trug.

Zur allgemeinen Überraschung – auch meiner eigenen – hatte ich Emma verführt, indem ich endlich eine Lektion anwandte, die unfehlbar zum Erfolg führt: Ich hörte ihr zu. Frauen erobert man nicht mit den Stimmbändern, sondern mit den Ohren. Wir Männer vergeuden Zeit damit, sie mit denkwürdigen Sprüchen vollzudröhnen, während sie nur eins möchten: dass man ihnen zuhört.

Als ich am Morgen aus dem Schlafsack aufgetaucht war, hatte ich imaginäre Regenbögen vor Augen und Lust, die nächsten hundert Jahre meines Lebens mit ihr zu planen.

Ebenso berauscht und überrascht wie ich, aber entschieden handfester, hatte Emma sich daran gemacht, die am Strand herumliegenden Bierdosen einzusammeln, während ich meine Spannung abbaute, indem ich mit den großen Zehen die Umrisse meiner Liebe in den Sand zeichnete.

Eine Freundin von ihr fragte mich, welches prähistorische Lebewesen ich denn da zeichnete. Und dabei muss man bedenken, dass ich mit den Füßen noch besser war als mit den Händen. Dann kam sie auf das Thema des Tages zu sprechen. »Mach dir keine zu hochfliegenden Hoffnungen«, lautete ihr Ratschlag. »Auch wenn Emma und ihr Freund eine schwierige Phase durchmachen, ihre Geschichte ist noch nicht zu Ende. Sie hat sehr daran geglaubt.«

Der gesunde Menschenverstand riet mir, auf sie zu hören, aber das Gefühl der Allmacht, durch das ich mich immun gegen alle Schicksalsschläge fühlte, war zu stark. Die Vernunft musste es mit dem hartnäckigen Widerstand des Herzens aufnehmen, das gerade erst den Sternenhimmel erblickt und keinerlei Absicht hatte, sich wieder in seine erdbebensichere Höhle zurückzuziehen.

Am Ende der Ferien kehrte ich wieder in meine alte Redaktion zurück, in Erwartung meines Umzugs nach Mailand. Nach einer Woche konnte ich es schon nicht mehr aushalten ohne Emma. Doch das Geld war alle, und ich hatte keine Idee, wie ich mir noch eine Reise nach Sardinien finanzieren sollte. Ich begann, die abwegigsten Möglichkeiten durchzuspielen, darunter die, mich auf einem Fischkutter einzuschiffen, als Chef Orso mich in sein Büro rief.

»Eben habe ich dein Interview mit Michel Platini gelesen. Wo du ihn fragst, was er von der absoluten Liebe hält und ob es stimmt, dass Entfernung die Gefühle tötet …Diesen Kitsch kann man doch nicht drucken! Sie fehlt dir, die Sardine, hm? Aber sicher weiß ich, wer sie ist: Sie ruft hier fünfzigmal am Tag an. Erinnerst du dich, dass am kommenden Sonntag dein Toro in Cagliari spielt? Die Zeitung schickt niemanden hin, aber ich habe die Geschäftsführung überzeugt, dich als Chef der Entourage ins Flugzeug steigen zu lassen … Kein Grund zum Dank, das habe ich nur gemacht, um die Telefonleitung freizubekommen. Aber du meinst es doch ernst, hm? Die Liebe ist eine heilige Sache, musst du wissen … Was machst du denn, du umarmst mich? Dann gefalle also ich dir! Und wer sagt das jetzt der Sardine?«

Emma kam mich am Flugplatz abholen, mit Sonnenbrille und Kopftuch wie eine Spionin, um sich daran zu erinnern, dass unsere eine klammheimliche Beziehung war. Doch sobald sie mich sah, vergaß sie alle Vorsicht und kam auf mich zugelaufen, vor den Augen der Fernsehkameras eines Privatsenders, die dort die Ankunft der Fußballer verewigen sollten und nun die Bilder unseres Kusses auf der ganzen Insel ausstrahlten.

Zwei Tage später lieferte die Sardine mich in der Abflughalle wieder ab. Sonnenbrille und Kopftuch hatte sie abgenommen. Sie verkündete mir, dass sie sich als meine Freundin betrachte und im Herbst zu mir nach Mailand kommen werde. Sie setzte hinzu, Hulk werde sie nach der Rückkehr von seiner Ferienreise rund um die Welt bestimmt verlassen.

Sie sagte nicht, dass sie ihn verlassen werde. Aber das Verdrängen unbequemer Wahrheiten war mittlerweile fester Bestandteil meines Lebens. Ich produzierte den üblichen Hollywoodfilm und ließ ihn in meinem Kopf ablaufen: Hulk kam von seiner Reise zurück und hatte sich nicht verändert. Emma stellte fest, dass sie ihn nicht mehr liebte und brach auf in ihr neues Leben mit mir.

Hulk dagegen kam von der Reise zurück und bot Haus, Ehe und Familie. Alles, was Emma immer gehofft hatte, von ihm zu bekommen.

Es begann ein telefonisches Ziehen und Zerren. Es war eine ungleiche Partie, und ich spielte obendrein auswärts.

An einem Novembermorgen betrat ich mit weichen Knien die Eingangshalle des Pressepalasts in Mailand, um meinen neuen Arbeitsvertrag zu unterzeichnen. Ich hatte gerade den Mantel an die Garderobe gehängt, als das Telefon auf meinem noch ganz leeren Schreibtisch läutete.

»Ciao. Ich wollte dir viel Glück wünschen. Heute beginnt für dich ein neues Abenteuer. Für mich auch. In drei Monaten heirate ich. Ich beschwöre dich, versuch nicht wieder, Kontakt mit mir aufzunehmen. Du würdest uns beiden wehtun.«

Ich verspürte denselben Schmerz wie damals bei den Wölflingen nach der Eröffnung von Balu. Ein eisiger Löffel, der mir in die Eingeweide fuhr, um sie ganz auszuhöhlen. Dieser unabwendbare Schatten des Todes, vor dem ich mein ganzes Leben lang geflohen war.

Ich ging auf die Straße hinunter, um mich den Blicken der Kollegen zu entziehen. Ich kehrte der Piazza Cavour den Rücken und ging die Via Turati hinunter bis zur Piazza Repubblica. Ich suchte Zuflucht auf einer zur Straße gewandten Bank und versteckte das Gesicht hinter einer Zeitung. Die Tränen liefen langsam herab, wie bei einem nicht ganz zugedrehten Wasserhahn.

Leider war die Zeitung ein Boulevardblatt. Zu klein, um mich ganz zu verdecken.

ES FOLGTEN HARTE UND POETISCHE MOMENTE

XXII

Es folgten harte und poetische Momente, zwischen Romantik und Rhetorik.

Aus meiner Mailänder Zeit bleiben mir zwei schriftliche Zeugnisse. Das erste ist der Roman *Ein starker Abgang* von Jay McInerney mit diesem fulminanten Auftakt: »Du bist nicht der Typ, der sich morgens um diese Zeit an einem Ort wie diesem herumtreibt.«

Dieses *Du* hätte ohne Weiteres ich sein können. Ein von der vermeintlichen Frau seines Lebens verlassener junger Mann, der sich auf die Suche nach sich selbst begibt und sich in den Nächten der Großstadt verliert, bis er herausfindet, dass die verlorene Liebe, mit der er sich nie auseinandersetzen wollte, die an Krebs verstorbene Mutter ist.

Das zweite Fundstück geht auf das darauffolgende Jahr zurück, es sind einige Blätter, auf denen ich einen Brief an Emma skizziert hatte. Ich gebe ihn hier mit ein paar nachträglich eingefügten Parenthesen wieder.

Mailand, 11. Oktober
Ciao Emma,
es ist vier Uhr nachts – oder morgens? –, und ich weiß nicht mehr, was Müdigkeit ist. (Hier bemerkt man sofort den Einfluss McInerneys.)
Ich schreibe Dir vom Treppenabsatz vor meiner Zweizim-

merwohnung aus. Der Journalist, mit dem ich sie teile, ist eingeschlafen und hat den Schlüssel im Schloss stecken lassen. Seine Ohren sind aber mit Beton ausgekleidet, und es gibt kein Klingelzeichen, das ihn aus dem Schlaf reißen könnte.« (Wollte ich ihr leidtun oder sie zum Lachen bringen? Ich entwarf da das Bild eines Unglücklichen, der nicht einmal in seine eigene Wohnung hineinkommt.)

Um Mitternacht sind wir aus der Redaktion gekommen, die druckfrische Zeitung und ein paar nette Kolleginnen unter dem Arm. (Eine erbärmliche Lüge, um sie eifersüchtig zu machen. In Wirklichkeit waren wir zehn Männer auf Adrenalin und mit leerem Magen.)

Einer unter uns war von einem Konkurrenzblatt zum Abendessen eingeladen; da er nicht den Mut hatte, das zuzugeben, sagte er, wir sollten schon vorausgehen, er werde mit dem Wagen nachkommen. Zu dumm nur, dass er an der Kreuzung Porta Venezia in die entgegengesetzte Richtung abbog.

Im Restaurant war noch ziemlich viel los, und als wir unsere Koteletts bestellen konnten, war es schon eins.

Sie kamen um halb zwei. Mit Knochen und allem Drum und Dran. Um zwei kam auch unser Abtrünniger. Er hatte sich die Hände extra mit Schmieröl eingerieben, um uns weiszumachen, er hätte einen Motorschaden gehabt. Und wir: »Du hast bestimmt schrecklichen Hunger! Zum Glück sind noch zwei Koteletts und eine Schüssel Bratkartoffeln übrig.« Er schützte Magenweh vor, aber er musste noch einmal das volle Menü essen, auch die Baisertorte, und da glaubte ich wirklich, er platzt. (Mit welcher Dreistigkeit ich wagte, derlei üble Kommissscherze als Glanzlichter des Dolce Vita auszugeben!)

Du fehlst mir, Emma. Nicht so sehr wegen dem, was Du mir gegeben hast, als wegen dem, was Du mir später hättest geben können, als ich allein nach Mailand kam, allein lebte und kämpfte, mir allein zu essen machen und die Portiersfrau anbetteln musste, dass sie mir ein Paar Hosen flickt. (Ich warf ihr also vor, dass sie nicht nach Mailand gekommen war, um mir zu essen zu machen und die Hosen zu flicken.)
Ich habe eben Geburtstag gehabt. Siebenundzwanzig, das weißt Du ja. Was Du nicht wissen kannst, ist, dass mir La Stampa *eine Stelle in ihrer römischen Redaktion angeboten hat. Ich würde gern mit Dir darüber reden. Ich habe immer von einer Geliebten geträumt, die auch Freundin und Ratgeberin wäre. In Dir hatte ich alle drei gefunden. Ehrlich gesagt, glaubte ich, Dich verdient zu haben, nach allem, was ich in der Kindheit durchgemacht habe. Erinnerst Du Dich noch, wie ich Dir erzählte, dass meine Mutter in Amerika lebt, wo sie einen internationalen Kosmetikkonzern leitet?* (Seit der Zeit der Mittelschule hatte ich sie Karriere machen lassen.)
Das ist nicht ganz so, und eines Tages werde ich Dir das genauer erzählen. Jedenfalls glaubte ich, Dich verdient zu haben. Aber vielleicht glaube ich das nicht mehr. (In der Tat hatte sie ja einen anderen geheiratet.)
Entschuldige, ich schreibe hier jede Menge Unsinn und es ist fast fünf Uhr morgens. Nun, ich dachte, Du brauchst jemanden, der Dir um fünf Uhr morgens jede Menge Unsinn schreibt. (Wieder McInerney.)
Ich glaubte, Dir eine Welt bieten zu können, die von unterhaltsamen Menschen bevölkert ist, und eine andere, kleinere, im Grunde aber größere, die nur von uns beiden bewohnt ist. Das Glück, Emma.

Glück ist, zu den absonderlichsten oder normalen Tageszeiten miteinander zu schlafen, allerdings nur mit Dir. Glück ist, gemeinsam zu wachsen, darüber zu streiten, wer den größeren Dickschädel hat, und dann voller Beulen einen Schritt weiterzugehen in unserer Liebe. Glück ist eine Verabredung in der Bar, zu der ich zu spät komme. (Ziemlich eigenartige Vorstellung vom Glück.) *Ein Problem, das Dich bedrängt und das wir gemeinsam lösen können. Ein Armband, das ich Dir schenke, ein Hemd, das Du mir wäschst.* (Nachdem sie es geflickt hat, nehme ich an.) *Entschuldige noch mal, dass ich Dir hier jede Menge idiotischer Gedanken auftische. Ich wollte Dir nur sagen, dass mir nicht eine Frau fehlt: Du fehlst mir. Eine Frau bist Du auch, und was für eine. Aber Du bist auch noch mehr: meine andere Hälfte.*

Ich weiß nicht, wie fair es ist, sich über mein damaliges Ich lustig zu machen. Echte Gefühle haben ihre Würde, die sie vor Lächerlichkeit schützt.

Ich schrieb Dutzende solcher Briefe. Den einen oder anderen warf ich auch ein, ohne je eine Antwort zu bekommen, nicht einmal eine Ansichtskarte. Dabei gab es wunderschöne in Sardinien. Eine verewigte den Strand, auf dem wir uns geliebt hatten. Die hatte ich mir selbst geschickt. Jeden Abend betrachtete ich sie, und wenn ich sie mir eingeprägt hatte, schloss ich die Augen und roch den Duft der Küsse und des Meers.

Das idealisierte Bild von Emmas Gesicht verblasste mit der Zeit, aber nie ganz. Ich brauchte zwei Jahre, um zu genesen, soll heißen, um mich wieder so elend zu fühlen wie zu der Zeit, bevor ich sie kennenlernte. Der

Schmerz reißt Schrunden auf, durch die man in sein Inneres schauen kann. Ich aber schaute nach wie vor in die falsche Richtung.

Die Liebe noch einmal verloren zu haben verschlimmerte meinen Zustand. Ich verfiel auf die Masche, die Vergangenheit zu verleugnen. Ich antwortete nicht auf Svevas letzten Brief, und mit selbstzerstörerischer Wut hörte ich auf, die Telefonanrufe Meines Onkels zu beantworten, der einzigen Person, die mir noch das Gefühl gab, Teil von etwas zu sein.

Dann landete ich in Rom – bei der großen Wölfin, die alle Wunden leckt.

XXIII

Ganz hinten in einer Schublade meines Schreibtischs verwahre ich eine runde Dose. In ihren Glanzzeiten enthielt sie drei Lagen dänischer Kekse, doch schon vor Langem wurde sie umfunktioniert zum Tresor meiner Lebenserinnerungen.

Wenn man ganz unten in ihr kramt, kommt zunächst mein erstes Schulheft zum Vorschein. Mit einem Panther auf dem Umschlag und dem ersten Satz, der den Beginn meiner literarischen Karriere markiert: »Es iss Herbst und die Bleter fallen.«

Dann die völlig zerschlissenen Überreste von Mamas Taschentuch, das ich beim *Tick-Tick*-Spiel gegen die Wände schlug. Und das Skelett des Pfeifenmundstücks, das ich monatelang im Mund hatte, nachdem ich die Camel Light ad acta gelegt hatte, und in das ich jedes Mal, wenn ich Lust hatte zu inhalieren, hineinblies wie ein Schiedsrichter oder wie eine Lokomotive.

Des Weiteren: ein Foto von Alessia, der Narzisstin, auf einem Kostümfest (sie als Pharaonin). Das Zettelchen, das mir eine empfindsame Freundin heimlich in das Lehrbuch für Privatrecht hineingeschmuggelt hatte: *Was für Albernheiten auch immer Du Dir jetzt in der Vorlesung anhören musst, denk dran, dass wir heute Abend zusammen sind.* Der nie abgeschickte Brief an Emma. Und ihr auf einer Polaroid-Aufnahme verewigtes Gesicht. Das flammende Rot ihrer Haare ist zu einem Flecken in eher meditativem Rosa verblasst.

Die römischen Jahre sind ganz oben in der Dose zu Hause und beginnen mit einer Titelseite des *Playboy*, an die die Fotokopie eines buddhistischen Gebets geheftet ist.

Die römischen Buddhisten trafen sich jeden Donnerstagabend in der Nähe des Petersplatzes in einem Gebäude, das ironischerweise auf die Bastion des Christentums schaute.

Es war ein düsterer alter Adelspalast ohne funktionierenden Aufzug, dafür mit sehr flachen Treppenstufen, sodass Kutschen darüber hinauffahren konnten.

Das erste Mal, als ich mich dort hinwagte, sah ich keine einzige (der Service war seit einigen Jahrhunderten abgeschafft), und ich musste die sechs Stockwerke zu Fuß hinaufkeuchen. Seelengymnastik ist vorzugsweise mit Aufstiegen verbunden und ich tröstete mich mit dem Gedanken, dass Moses die Gesetzestafeln mit den Zehn Geboten ja auch nicht im Keller empfangen hatte.

Während ich auf dem Treppenabsatz die Schuhe auszog, rief ein Orgelton Kindheitserinnerungen an gewisse katholische Gottesdienste in mir wach. Hervorgebracht wurde er von einer Vielzahl an Stimmen, die ein Mantra sangen.

Befangen trat ich in den Gebetssaal und setzte mich ebenfalls zur Meditation in den Lotussitz, bis ein völlig diesseitiger Wadenkrampf mich zwang, die Beine auseinanderzunehmen und sie wie eine Bajadere neben mich zu legen.

Der Gruppenleiter erklärte die Versammlung für eröffnet. Er hatte einen buschigen Bart wie Che Guevara, und wahrscheinlich war er in seiner Jugend dessen Anhänger gewesen, bevor er seine revolutionären Ambitionen von der Gesellschaft auf sich selbst richtete.

Die Anwesenden erzählten der Reihe nach, welche Wohltaten der Buddhismus in ihrem Leben bewirkt hatte. In diesem Raum war ein Musterkatalog der gesamten Menschheit vertreten: Menschen aller Art, vereint einzig durch ihre Begegnung mit dem Schmerz.

Was mich beeindruckte, war die Verweigerung jeglicher Opferhaltung. Eine junge Frau, die eine Drogenkarriere hinter sich hatte, gab zu, dass sie in den schlimmsten Momenten ihrer Laufbahn gedacht habe, sogar die Bäume würden beiseiterücken, nur um ihr keinen Schatten zu spenden. Das Gebet hatte ihre Lebensenergie erhöht. Jetzt wusste sie, dass die Ursachen für ihr Unglück allein in ihr selbst zu suchen waren.

Jedes Geständnis wurde mit allgemeinem Applaus bedacht, der auch erklang, als ein fröhlich wirkender Student erklärte, das Aufsagen des Mantra habe seine Parkplatzprobleme gelöst.

Applaus, Parkplätze. Das war ein bisschen zu viel für mich. Doch just in dem Augenblick beschloss Agnese, mich der Runde vorzustellen.

»Er hat ein Problem mit der Figur des Vaters …«

Ich hatte sie im Winter nach meiner Ankunft in Rom in den Gässchen von Trastevere kennengelernt. Nachts, nach der Arbeit in der Redaktion, verkehrte ich beim Stamm der Suchenden: Schauspieler nach Regisseuren, Regisseure nach Produzenten und Produzenten nach

Geld, die einander von einer Dachterrasse zur nächsten verfolgten und nicht mehr als vage Abendesseneinladungen einheimsten.

Agnese arbeitete wirklich als Schauspielerin, aber vor allem war sie eine. Blond, sinnlich und von unwillkürlicher Komik. Sie hatte in einem erfolgreichen Film mitgespielt, vom Cover eines *Playboy*-Hefts herab die Phantasien der Halbwüchsigen beflügelt (sie posierte da freizügig in einem Bikini aus beschlagenen Lederriemchen) und jede mögliche Emotion durchlebt, mit einer entschiedenen Neigung zu den schädlichsten. An der Schwelle zur Dreißig hatte die Begegnung mit dem Buddhismus sie vor dem Verschleiß auf dem Jahrmarkt der Eitelkeiten bewahrt und sie in eine Kriegerin des Geistes verwandelt.

Zum ersten Mal war der Glaube in meinem Schlafzimmer zu Gast. Jeden Abend kniete Agnese vor einem tragbaren Tempelchen nieder und sagte ihre Mantras auf. Ich sah, wie sie aus diesem Ringen mit sich selbst vollkommen erneuert hervorging. Mit der unwiderstehlichen Technik, die Frauen anwenden, wenn sie einen zu etwas bringen wollen, ohne explizit darum zu bitten – eine Folge von Andeutungen und schmerzlichen Blicken –, führte sie mich zu Buddha.

Ich hatte mir Zeit gelassen, inexistente religiöse Bedenken vorgeschützt, bis ich mich überreden ließ und sie zu einer Versammlung begleitete.

»Er hat ein Problem mit der Figur des Vaters …«

»Mit der Figur des Vaters? Eher schon mit der der Mutter«, wandte ich ein.

»Mit der Mutter oder dem Vater?«, erkundigte sich die Hausherrin, die die Räucherstäbchen beaufsichtigte.

»Ich habe Probleme sowohl mit der Figur der Mutter als auch mit der des Vaters«, antwortete ein Mädchen, das ich schon einmal im Fernsehen gesehen zu haben glaubte.

»Ich auch!«

»Und ich erst!«

»Siehst du? Hier wirst du dich nie allein fühlen«, fasste Agnese zusammen, wobei sie ihr fotogenes Gesicht zu einem seligen Lächeln auseinanderzog.

»Aber ich habe keine Probleme mit dem Vater. Das heißt … ich habe schon welche, aber sie sind nicht wesentlich.«

»Ach nein? Und warum vergisst du dann immer, die Stromrechnung zu zahlen und kannst nicht einmal eine Glühbirne auswechseln?«

»Musst du wirklich meine persönlichsten Angelegenheiten ausplaudern? Was haben die Stromrechnung und Glühlampen mit meinem Vater zu tun?«

»Hast du mir nicht immer erzählt, er sei ein praktischer Mensch? Und du weigerst dich, es zu sein, um ihn zu ärgern. Das ist deine Art, den Unterschied zu markieren.«

»Mein Problem ist, ich bin verliebt, aber ich bin nicht glücklich.«

Ich weiß auch nicht, warum mir dieser Satz herausgerutscht ist. Vielleicht war das Belfagor, der ihn mir eingegeben hatte, um von einem Thema abzulenken, das ihm unangenehm war.

Aller Augen schauten fragend auf Agnese. Außer denen Che Guevaras, der sie auf mich richtete.

»Da hast du eine wichtige Entdeckung gemacht. Liebe allein reicht nicht, um den Menschen glücklich zu machen. Das Glück ist nicht von dieser Welt, es liegt in unserer Art, uns auf sie zu beziehen. Es hängt weder mit Reichtum zusammen noch mit Gesundheit und auch nicht mit der Liebe eines anderen Menschen. Es hängt nur von uns ab. Also können wir alle es erleben. Los, alle gemeinsam: Ich kann glücklich sein.«

»Ich kann glücklich sein«, wiederholten alle im Chor.

»Bist du einverstanden?«, drang Che in mich.

»Abstrakt gesehen, ja. Aber das Leben ist kein Mantra für Frohnaturen. Jedem von uns liegt eine Ungerechtigkeit im Magen, die wir erlitten haben und die wir nicht akzeptieren können. Der Beweis für die Inexistenz eines höheren Plans, denn wenn es einen solchen gäbe, hätte das nicht geschehen dürfen. Um den Schmerz zu überleben, sind wir gezwungen, uns einen Panzer aus Zynismus zuzulegen, der uns vor der Wahrheit schützt.«

»Wie alt bist du?«

»Fast dreißig.«

»Die Zeit der ersten Lebensbilanzen. Ich weiß, was du empfindest, ich bin da auch durchgegangen. Du hast das Gefühl, auf einer schiefen Ebene gelebt zu haben, die dich bis hierher getragen hat. Als wärst du das Ergebnis von Entscheidungen, die nicht deinem Einfluss unterstanden, sondern dem der Menschen um dich herum. Bist du mit einer übermächtigen Mutter aufgewachsen?«

»Ziemlich, ja«, log ich, aber auch wieder nicht zu sehr.

»Meine Mutter ist auch eine Nervensäge!«, sagte der Fröhliche, der Parkplätze fand.

»Akzeptiert eure Mütter«, fuhr Che Guevara in leiserem Ton fort, was die Emphase seiner Worte dämpfte. »Nur so werdet ihr euch selbst annehmen und auf das Leben zugehen können, ohne euch verfolgt zu fühlen, sondern mit jener achtsamen Leichtigkeit, die das Geheimnis jeden Erfolgs ist.«

»Wie macht man das, sich selbst annehmen?«, fragte ich.

»Jedes Mal, wenn du niederkniest, um ein Mantra aufzusagen, nimm dir vor, Frieden mit deiner Mutter zu schließen. Dann wirst du der Wahrheit ins Gesicht sehen können und die Nebel zerstreuen, die sie den Blicken der Schwachen im Geiste verborgen halten. Wenn du die Wirkungen ändern willst, ändere die Ursachen. Das Leben reagiert darauf. Immer.«

Nach jenem Abend fielen alle offen gebliebenen Fragen wieder über mich her. Warum war meine Mutter so jung gestorben? Wie wäre ich geworden, wenn ich in der Geborgenheit einer Familie aufgewachsen wäre? Anders? Besser? Da die Mutter nun einmal die erste Lehrmeisterin in Sachen Liebe ist, würde ich mein Leben lang ein Sitzenbleiber sein?

Bete, und du wirst Antworten finden, hatte Che Guevara gesagt. Ich betete auf Japanisch, aber die Antworten blieben aus. Also begann ich, sie wieder in Büchern zu suchen, in Liedern, in nervtötenden Selbstgesprächen.

Eines Nachts schmiegte sich Agnese, nachdem wir uns geliebt hatten, in meine Arme, und ich versuchte, mich ihrem ruhigen Atemrhythmus anzupassen. Doch bevor ich redete, wartete ich ab, bis ich sicher war, dass sie schlief.

»Ich will den Mut finden, es wenigstens dir zu sagen«, flüsterte ich in Richtung ihrer Schulter. »Meine Mutter ist gestorben, als ich neun war. Sie hat bis zuletzt gekämpft, aus Liebe zu mir, aber sie hat es nicht geschafft. Und ich kann das immer noch nicht akzeptieren, verstehst du? Ich muss einen Sinn in dieser Ungerechtigkeit finden. In der griechischen Tragödie, die du so sehr liebst, gibt es immer einen Rächer, der das verletzte Gleichgewicht wiederherstellt. Aber ich, an wem soll ich mich denn rächen? An Gott, der sie mir genommen hat? Und wie soll ich das tun, wenn ich nicht weiß, wo er ist und welche Form er hat? Und dann würde dein Buddha ja sagen, dass Rache das Gleichgewicht nicht wiederherstellt. Sondern nur die Basis für neues Ungleichgewicht schafft.«

Am Morgen wachte ich auf mit dem Duft von Kaffee und Agneses Lächeln über mir.

»Ich hatte einen merkwürdigen Traum heut Nacht«, begann sie. »Da war ein Lügner im Bett, der mir die Wahrheit sagte.«

»Und hattest du ihn ein bisschen lieb?«

»Ich sagte ihm immer wieder: Hör auf wiederzukäuen und fang an zu fühlen!«

»Ausgezeichneter Ratschlag. Was empfiehlt der Chef zum Frühstück?«

»Eine Aufbaukur.«

Sie reichte mir das Tablett. Darauf waren ein Cappuccino, ein Hörnchen und ein buddhistisches Gebet.

Wir müssen Herr des eigenen Geistes sein und dürfen nicht zulassen, dass der Geist Herr über uns wird.
Freunde, erweckt einen tiefen Glauben in Euch und poliert unablässig den Spiegel Eures Lebens, Tag und Nacht.
Gewinnt Herrschaft über Euer Ich, führt die Zügel dieses rebellischen Pferds, Geist genannt, mit fester Hand. Und galoppiert davon, galoppiert davon …

XXIV

Ich war noch nie geritten, und der Geist warf mich ab. Er war noch zu intellektuell geprägt, um sich von der Spiritualität zähmen zu lassen.

Ich flüchtete mich in die Gewissheiten meines Arbeitsumfelds: dieser Clique von Journalisten, Politikern und Intellektuellen, die die luftigsten Dachterrassen Roms zu ihrem bevorzugten Aufenthaltsort erkoren hatte. Mit den Mächtigen den neuesten Klatsch auszutauschen, war eine erprobte Methode, sich nie infrage zu stellen.

Aber auch dort fühlte ich mich nicht akzeptiert. Es war typisch für mich, mich unwohl zu fühlen, wo auch immer ich war. Unter den Spirituellen kam mein Humor zum Vorschein, ein lästiges Stimmchen, das mich daran hinderte, sie zu ernst zu nehmen. Unter den Intellektuellen hingegen war es die nach dem Unendlichen dürstende Seele, die sich in den trockenen Gesprächen eingesperrt fühlte.

In der Keksdose ist davon keine Spur. Aber da ist ein zerplatzter Luftballon, in dem mein alter Reisepass liegt. Der mit dem Stempel der Maybe Airlines.

Infolge einer einmaligen Verkettung von Umständen ereilte mich der Sommer meines dreiunddreißigsten Geburtstags in der Telefonzelle eines Militärflughafens, mit einer Ehefrau in der Leitung und einer schusssicheren Weste über dem Bauch. Vier Monate zuvor hatte ich geheiratet, aber nicht Agnese. Unsere Liebe war mehr eine Brücke als eine Ankunft gewesen: Wir hatten uns ohne Szenen verabschiedet, im beiderseitigen Gefühl der Dankbarkeit und der Erschöpfung.

Mich hatte eine Kollegin aufgelesen, die allen gegenüber bärbeißig, mir gegenüber aber äußerst sanft war, die sämtliche von mir bevorzugten fremdsprachigen Schriftsteller gelesen hatte – allerdings ohne eine Übersetzung zu benötigen – und die mir in diesem Augenblick am Telefon einen Crashkurs in autogenem Training gab.

»Du bist der mutigste Mann der Welt!«

»Entschuldige, mit wem sprichst du?«

»Soll ich dich lieber Feigling nennen?«

»Du hättest recht. Ich mach mir in die Hosen, und ich schwör dir, das ist nicht metaphorisch … Hör zu, nach Sarajevo fahr ich nicht. Das ist eine belagerte Stadt. Es gibt keinen Strom, kein Wasser und kein Gas. Und auf den Straßen schießen die Leute aufeinander.«

»Ich weiß, und ich habe große Angst. Aber ich weiß auch, dass du es schaffen wirst.«

»Was habe ich mit dem Krieg zu tun? Bis vor drei Jahren habe ich über Sport geschrieben. Und seitdem ich ins politische Ressort gewechselt bin, war die größte Gefahr, die ich zu überstehen hatte, die, mit einem Minister Kaffee zu trinken.«

»Siehst du? Die anderen denken, du bist ein Komiker, der immer nur die lächerliche Seite an den Dingen sehen kann.«

»Die anderen sind mir egal!«, log ich.

»Steig in dieses Flugzeug und zeig's ihnen allen!«

Unter dem Einfluss meiner Kriegsgöttin rückte ich die kugelsichere Weste über dem Bauch zurecht und ging an Bord eines Bombers der UNO, voll beladen mit Lebensmitteln, in dem ich mir zwischen Thunfischdosen einen Platz frei schaufelte.

Die emotionale Aufmunterung überdauerte den Start, war allerdingst schon bald wieder versiegt, als der deutsche Pilot in der Nähe von Sarajevo im Unterholz die getarnten Geschützmündungen der serbischen Kanonen zeigte.

»Wenn sie uns abschießen, geben die Vereinten Nationen morgen eine energische Protestnote heraus«, sagte er in hölzernem Englisch.

Ich schrie lieber auf Italienisch.

»Was mache ich denn hier?!«

Die kugelsichere Weste konnte mich nicht vor einer beschämenden Angst vor dem Tod schützen. Um sie zu bekämpfen, begann ich, mit Mama zu reden.

»Ich bin ein Feigling … Du bist nicht überzeugt davon? Glaub mir's, ich bin ein Feigling. Das Schlimme ist, dass ich es vielleicht bei meiner Heirat auch war.«

Das war der aufrichtige Tonfall der entscheidenden Momente.

»Das Problem ist nicht meine Frau. Sie ist teilnehmend und entschlossen, du hast sie ja eben am Telefon gehört. Ich bin das Problem, ich hätte einen Aufstieg gebraucht, und ich habe eine Abkürzung genommen. Ich habe versucht, mein Leben zu ändern, ohne mich selbst zu ändern. Ich habe mir das Märchen von der Liebe zwischen Gleichen vorerzählt. Und dann ist da ihre Familie, solide und herzlich, und es ist eine Familie: Wann habe ich nach dir denn je eine gehabt? Aber so werde ich nicht erwachsen, Mama. Sogar am Tag der Hochzeit war ich nicht der Bräutigam, sondern der übliche Waisenknabe. Wie eine bodenlange Schleppe schleifte ich während der ganzen Trauung die Scham mit mir herum. Ich fürchtete die Reaktionen der Gäste, wenn sie entdeckten, dass du nur in den Lügen existierst, die ich ihnen in diesen Jahren aufgetischt hatte. Auch wenn ich zugeben muss, dass deine Abwesenheit sie nicht weiter störte. Sie schienen mehr an den Schnittchen interessiert.«

Es war eine Stunde der Selbstbefragung in großer Höhe und in Reichweite der Kanonen: Ich erkundete die äußerste Grenze der Psychoanalyse.

»Ich bin und bleibe der depressive Elf, der mit hängendem Kopf auf Fußspitzen geht … Und doch, als ich ihr den Ring ansteckte, war ich überzeugt, den Himmel zu sehen.«

Der Pilot und sein Copilot verstanden kein Italienisch und schauten mich schief an. Dachten sie vielleicht, ich spräche in ein Diktiergerät? Das bezweifle ich. Ihr nachsichtiges Lächeln lässt mich eher vermuten, sie glaubten, ich sei durchgedreht.

»Mama, sollte ich wirklich aus Angst geheiratet haben? Ja. Aus Angst, etwas zu verlieren, wovon ich jetzt merke, dass ich bestens ohne es auskomme: die Illusion einer Stabilität und einer Sicherheit, die nur das Trugbild der schönen Träume ist, die du mir als Kind gewünscht hast. O lass mich heil in Sarajevo landen, und ich verspreche dir, dass ich meine Ehe auf Vordermann bringe. Auf der Stelle will ich alte Gewohnheiten abschütteln und bei den einfachen Gefühlen neu anfangen.«

Zum Beispiel, indem ich Matt gern hatte, den skandinavischen UNO-Soldaten, der mich mit seinem von zwei Hörnern bekrönten Helm am Flughafen zwischen durchlöcherten Hangars und gespenstischen Gebäudehallen empfing.

»Empfangen« ist nicht das richtige Wort. Er packte mich am Kragen und schleifte mich über das Rollfeld aus der Schusslinie der Heckenschützen heraus bis zum Zoll, einem schlammigen Graben, über dem die wackeligen Reste eines Schreibtischs standen.

Matt setzte sich an den Rand und drückte einen Stempel auf die erste freie Seite meines Reisepasses.

Maybe Airlines, die Fluggesellschaft des Vielleicht.

»Das ist das Einreisevisum«, kicherte er. »Gefällt dir der Name? Ich habe ihn erfunden.«

Ich vergalt es ihm mit einer Zigarette.

»Und du nicht?«, fragte er, gierig an der Zigarette ziehend.

»Ich habe vor Kurzem aufgehört.«

Das stimmte. Die letzte Zigarette hatte ich auf der Hochzeitsreise geraucht, auf einem Hügel, der aus diesem Anlass in *Lungenlust* umbenannt wurde.

Trotzdem hatte ich eine Stange mitgenommen, weil ich mir dachte, dass im Krieg die Sorgen um die eigene Gesundheit geringer würden. Aber ich wollte mein neues Leben mit einer großzügigen Geste beginnen. Ich schüttete meinen Rucksack aus, und zehn Schachteln Camel Light landeten in den Händen des Wikingerkriegers, der mich in einer Sprache segnete, von der ich nur das Lächeln verstand.

Zum Beispiel, indem ich Salem gern hatte.

XXV

Das Krankenhaus von Sarajevo schwebte wie ein Gespensterschiff auf Wogen von Staub zwischen brandgeschwärzten Gebäuden und aufgerissenen Straßen. Eine Krankenschwester versteifte sich darauf, mit einem trockenen Lumpen den Boden wischen zu wollen, während eine Schar von Müttern, deren Verzweiflung sie verhärtet hatte, auf den Fluren den Ärzten nachlief, sie flehend und drohend am Kittel zog.

Es war eine der Situationen, in denen auch die Barmherzigkeit wohlabgewogen sein sollte. Die Vereinten Nationen hatten ein Flugzeug bereitgestellt, um vierzig besonders schwer verletzte Kinder nach London zu bringen. Die Ärzte gingen durch die Abteilungen und erstellten eine Prioritätenliste der Bedürftigkeit, die ständig geändert werden musste, weil immer wieder eins der Kinder verstarb. Eben war wieder ein Platz frei geworden, und die Mütter kämpften wie die Löwinnen darum, zu allem bereit, um auf dieser absurden Warteliste einen Platz vorzurücken.

Zimmer 51 der Pädiatrischen Abteilung war zur Straße hin offen, seitdem eine Bombe die Wände durchlöchert und die Fensterscheiben zu Bruch hatte gehen lassen. Es gab weder Essen noch Infusionen noch frische Laken. Nur das Gedrängel der Angehörigen rings um die Betten. Im einzigen Bett ohne Besucher lag ein Junge mit so schwarzen Haaren, dass sie blau wirkten.

Seine Einsamkeit zog mich an. Im Mundwinkel hing ihm ein Schnuller, der seinem Alter offenkundig unangemessen war. Ein blutgetränkter Verband auf seiner Brust hob und senkte sich mit dem Atemrhythmus. In einer Hand hielt er einen zerplatzten Luftballon.

Ich streichelte ihn, und er schrie gellend auf.

»Mama! Dada!«

»Er ruft nach Mama und Papa«, schaltete sich Doktor Joza ein. Er war Krankenpfleger, aber alle nannten ihn *Doktor*. Die Promotion hatte er sich im Feld verdient.

»Salem ist Waise. Seine Eltern sind letzten Monat durch eine Bombe umgekommen. Ihm hingegen hat ein Heckenschütze in den Magen geschossen.«

Es gab also ein menschliches Wesen in dieser Stadt, das sich aus rassistischen Motiven hinter einem Mauervorsprung verschanzt hatte, ein Kind, das mit einem Luftballon auf der Straße spielte, ins Fadenkreuz seines Zielfernrohrs genommen und ihm in den Magen geschossen hatte.

»Steht er auf der Liste für London?«, erkundigte ich mich.

Doktor Joza schüttelte den Kopf.

»Keine Mutter kämpft für ihn.«

Es war, als wäre in meinem Kopf der Startknopf für einen Hindernislauf gedrückt worden.

»Ich will versuchen, ihn hier rauszuholen.«

Ich bekniete UNO-Beamte und englische Diplomaten, aber jeder hatte seine eigene Liste in der Tasche. Sie beschränkten sich darauf, Salem aus Höflichkeit ans Ende ihrer Listen zu setzen.

Meine einzige Hoffnung waren die Dollarscheine, die ich in der kugelsicheren Weste verwahrte. Hundert waren nötig, um an einen Namen zu kommen.

Kommandant Ciuka.

Der Dolmetscher führte mich durch blitzblanke Straßen zu dem Treffen. In Sarajevo arbeiteten die Straßenkehrer schneller als der Krieg.

Wie alle Bewohner der umzingelten Stadt gingen auch wir immer nur auf einer Straßenseite, derjenigen, die von den Kanonen der Belagerer nicht beschossen werden konnte. Alle zwei Schritte hob man den Kopf, um eventuelle Heckenschützen auszumachen. Im Hintergrund war die düstere Musik der Gewehrsalven zu hören, abgefeuert wer weiß wo, von wer weiß wem gegen wer weiß wen, aber unablässig, mit nur kurzen Unterbrechungen.

Kommandant Ciuka erwartete uns in einer verrauchten Bar, deren Wände von studentischen Graffitis im Geist der Parolen von '68 bedeckt waren. Er hatte das Lokal von der Beute diverser Banküberfälle gekauft. In seinem vorigen Leben war er als Verbrecher lang im Gefängnis gesessen, aber kaum war Sarajevo ein einziges Freiluftgefängnis geworden, hatte er dreißig Jungs aus seinem Viertel bewaffnet und sich selbst zu ihrem Boss erklärt.

Es gibt eine Grenze zwischen dem Menschlichen und dem Unmenschlichen, und die ist bezeichnet vom Gerechtigkeitssinn. Kommandant Ciuka war kein guter Mensch. Er war gerecht. Er hatte die alten Leute in seinem Viertel in Sicherheit gebracht, und er hatte einen Kampf um einen Zentnersack Mehl ausgefochten und ihn den Waisenkindern geschenkt, die in der Nähe des Flusses in einer Höhle hausten. Jedes Mal, wenn er mit seinem flammend roten und eindeutig gestohlenen Mazda zu ihnen kam, streichelten die Kinder ihm die Hände, die er nie vom Maschinengewehr nahm.

Ich erzählte ihm die Geschichte von Salem und legte ein Päckchen Dollarnoten auf den Tisch.

»Ich nehme das, aber nicht für mich«, sagte er. »Das dient zum Schmieren der Schlösser.«

Am nächsten Tag kam ich wieder, und er zeigte mir eine Liste, regulär mit allen Stempeln: Salems Name stand neben der Nummer 11, meiner Lieblingszahl.

Bevor er sich verabschiedete, gab er mir einen roten Luftballon.

»Bring das dem Kind von mir.«

So kam es, dass ich todtraurig, ein Lächeln im Gesicht und einen Luftballon am Finger, das Krankenhaus betrat.

Ich durchquerte den Saal 51 und sah eine Menschenmenge rund um Salems Bett. Einen Moment lang hoffte ich, dass es sich um seine muslimischen Verwandten handelte, aber sie waren so blond wie das Kind mit Hosenträgern, das in dem Bett lag und seinen Kartoffelbrei aus Trockenpulver verschlang.

Doktor Joza schlug mir schwer auf die Schulter.

»Wir haben es geschafft!«, überfiel ich ihn. »Salem steht auf der Liste. Auch wenn es ihm schon etwas besser geht, wie ich sehe. Wohin habt ihr ihn verlegt?«

»Salem ist tot. Er ist heute Morgen gestorben.«

Vor Wut presste ich den Luftballon zusammen, bis er zwischen meinen Händen zerplatzte.

»Soll ich Sie zu ihm führen?«, fragte mich Doktor Joza.

»Danke. Ich komme allein zurecht.«

Ich schloss die Augen und sah ihn vor mir. Jung, erwachsen, alt, was er nie werden würde, und dann wieder als Kind: mit diesem Loch im Magen, das ich nicht rechtzeitig hatte schließen können.

Noch einmal hatte ich mir eingebildet, das Leben sei eine Geschichte mit Happy End. Dabei war es nur ein von meinen Träumen aufgeblasener Luftballon, dazu bestimmt, zwischen meinen Händen zu zerplatzen.

In Sarajevo verbrachte ich einen Monat in Hotels ohne Wasser und ohne Licht, begegnete Kindern ohne Mütter und ohne Füße: Die hatten sie auf den Minenfeldern gelassen.

Neben ihrem Leid spürte ich auch den Schmerz der Wunden meiner Kindheit wieder. Die meines erwachsenen Lebens ließen mich kalt. Wozu diente mir dieses Leben, dass ich solche Angst hatte, es zu verlieren?

Vor der Abreise nach Rom half ich dem Dolmetscher, seine Bücher aus der bombardierten Wohnung zu schaffen. Mir fiel eine französische Ausgabe der *Elenden* von Victor Hugo in die Hände, und ich suchte auf den letzten Seiten nach einem Satz, von dem ich wusste, dass er da stand.

Der Held Jean Valjean liegt in seinem Bett im Sterben, und Cosette, seine Adoptivtochter, fleht ihn an, nicht aufzugeben. Sie will nicht, dass er stirbt, aber dieser großartige Gerechte beruhigt sie.

»*Ce n'est rien de mourir; c'est affreux de ne pas vivre.*«

Sterben ist nicht schlimm. Grausam ist, nicht zu leben.

Zurück in meinem Alltag, verfiel ich wieder in mein früheres Leben. Nach einer Weile hörte ich auf, alle zwei Schritte hochzuschauen, um auf den Dächern von Trastevere Heckenschützen auszumachen. Sogar die Erinnerung an Salem begann zu verblassen. Egoismus und Ironie waren der Schutzschild Belfagors, hinter dem ich mich wieder versteckte, um nicht zu leiden.

Ich vergaß das Versprechen, das ich Mama gegeben hatte, und die Ehe ging nach einem Jahr der Bemühungen in die Brüche. Es war an dem Abend, als meine Frau mir eröffnete, dass die biologische Uhr zu ticken begonnen hatte.

Ich drückte mich gegen die Tür der Schrankwand, wie um auch rein physisch den Abstand zwischen ihren Bestrebungen und den meinen zum Ausdruck zu bringen. Mein ganzes Leben lang hatte ich das Fehlen einer Familie beklagt. Und jetzt, wo ich mir selbst eine hätte aufbauen können, bemerkte ich, dass mir das Schrecken einflößte.

Es stimmt eigentlich nicht, dass man sich wünscht, was man nie gehabt hat. Wenn es einem schlecht geht, zieht man das vor, was seit jeher zu einem gehört.

Jedes Opfer neigt dazu, die Muster der eigenen Vergangenheit zu reproduzieren, und in meinem Fall waren das die Weihnachtsessen mit Papa und Mita. Wenn ich an einen Sohn dachte, sah ich keinen Erben vor mir, sondern ein potenzielles Waisenkind.

Entnervt von meinem Schweigen, hatte Mein Onkel aufgehört, den Kontakt zu mir zu suchen. Aber während der Wirren der Trennung von meiner Frau ließ er Papa wissen, dass er gern ein paar Stunden mit mir verbringen würde. Er war krank und hatte nicht mehr lang zu leben.

Wir sahen uns in meinem Elternhaus, wo wir so viele Nachmittage mit Gesprächen über den Toro, über das *Tick-Tick*-Spiel zugebracht hatten und über die Bücher, die nur er wirklich gelesen hatte.

Durch die Behandlung waren ihm die Haare ausgegangen, aber die Augen waren gleich geblieben, blau und klar, wie die von Mama.

Ich hätte ihn um Verzeihung bitten und ihn vorbehaltlos lieben müssen. Vielleicht hätte eine liebevolle Geste all meine Verkrampfungen lösen können. Aber meine Verlegenheit hinderte mich daran, die Kruste aus stereotypen Phrasen zu durchstoßen. Meine neue Bühne waren die Dachterrassen Roms geworden, und ich blickte mit schlecht verhohlenem Verdruss auf die Einfachheit meiner Verwandten. Wenn ich es recht bedenke, war ich schlicht zum Kotzen.

Als Mein Onkel wie Jean Valjean in seinem Bett verstorben war, schickte mir seine Frau die Schachtel Wachshölzer nach Rom, mit denen sich Mama ihre letzte Zigarette angesteckt hatte, bevor ihr übel geworden war. Die Schachtel war auf dem Fensterbrett gefunden worden und wurde wie eine Reliquie verehrt.

So erfuhr ich, dass Mama, kurz bevor sie an einem plötzlichen Herzinfarkt sterben sollte, sich noch eine Zigarette angezündet hatte. Wie ich. Aber guten Herzens, wie ich es nicht mehr war.

XXVI

Es waren die Frauen, die mich aus den Untiefen zogen, in denen ich stecken geblieben war, vielleicht um mich dafür zu entschädigen, dass sie mir in der Kindheit massenhaft weggelaufen waren.

Wohin ich auch schaute, war da ein Frauengesicht, bereit, mir zuzulächeln: die Freundin, die auf ihrem Stockwerk eine Wohnung für mich fand; die Putzfrau, die so sehr der ersehnten Kinderfrau glich; die Gefährtin nächtlicher Spiele, die akzeptierte, was ich ihr geben konnte – was, offen gestanden, nicht viel war.

Meine Ehe, die aufgeblüht und sogleich wieder verwelkt war, hatte ein Trägheitsmoment in meinem sexuellen Erleben hinterlassen: Ich fing ebenso schnell Feuer, wie ich auch wieder abkühlte.

Meine Distanzierungsmanöver wurden kompliziert durch die Unbeirrbarkeit der Opfer, die meine emotionalen Kapriolen nicht begreifen konnten. Ich benahm mich wie diese Männer, die nicht die Kraft haben, sich von der Frau, die sie nicht mehr begehren, zu trennen, und sich daher an den Rand der Beziehung driften lassen, dabei aber so tun, als würden sie von ihr dorthin gedrängt.

Nachdem ich zwei Jahre lang solcherart erbärmliche Figuren abgegeben hatte, beschloss ich, mich von den

Frauen insgesamt fernzuhalten, um keiner das Leben zu ruinieren. Die freiwillige Abstinenz bekam mir und stärkte mich. Ich begann, mich unabhängig zu fühlen, und eines Sommerabends suchte ich auf einer der römischen Dachterrassen Erquickung, in der festen Überzeugung, ich könne für immer ohne die Liebe auskommen. Da wurde ich hinterrücks erwischt von der Zwillingsseele.

Ich war gerade dabei, ein paar Freundinnen zu erklären, dass selbst die Vulgarität einzelner Individuen (ich bezog mich auf einen Kollegen, der die Lasagne mit den Fingern auf die Teller verteilte) meinen Glauben an den menschlichen Fortschritt nicht erschüttern könne, als eine volltönende Stimme wie aus einem Film auf der Höhe meines Nackens vibrierte.

»Wir sind keine höher entwickelten Affen, sondern gefallene Götter!«

Ich erinnere mich, dass ich, während ich mich umwandte, dachte: Das ist eine von diesen Verrückten, die sich auf Festen einschleicht und sich am Gin schadlos hält. Dann sah ich sie und musste anerkennen, dass nicht nur die Stimme filmreif war.

Ich zollte einen Tribut an ihre Backenknochen und war so naiv, ihr zu antworten.

»Hast du Beweise für das, was du sagst?«

»Du ja auch nicht! Diese Geschichte mit den Affen ist ein Allgemeinplatz, den die Wissenschaftler akzeptieren, weil sie nichts Besseres gefunden haben!«

»Nicht vielleicht, weil es nichts Besseres gibt?«

»Wenn du nur den Kopf und die fünf Sinne benutzt, bestimmt nicht!«

»Und was sollte ich denn benutzen?«

»Das Herz!«

Es wird niemandem entgangen sein, dass ich mich im Dschungel der philosophischen Systeme entlang zarter Fragezeichen vorantastete, während sie die Ausrufezeichen wie Degen schwang.

Angesichts des möglichen Blutvergießens verdünnisierten sich meine Freundinnen. In Wirklichkeit gab es aber gar keinen Schlagabtausch. Ich beschränkte mich darauf, ihren Offenbarungen mit einer Salve von Grimassen zu begegnen.

Elisa erzählte mir von Atlantis, einer höher entwickelten Zivilisation als die unsere, die sich aufgrund exzessiver Gier selbst zerstört hatte. Ihre Reste lagen in den Tiefen des Ozeans, verborgen vor den Augen der Menschen, nicht aber vor ihrem Bewusstsein, wenn sie nur die Fähigkeit wiedererlangten, es zu befragen.

Ich befragte das meine und erkannte, dass der Panzer, den ich in der letzten Zeit geflissentlich getragen hatte, vor diesem Gemisch aus Seele und Backenknochen in die Brüche gegangen war.

Von dem Freund, der sie auf das Fest mitgebracht hatte, erfuhr ich, dass sie seine Freundin sei. Ich benötigte Monate, um herauszufinden, dass das nicht stimmte, dabei hätte ich sie nur zu fragen brauchen. Sobald ich das tat, fanden wir in spontanem Einverständnis zueinander, als hätten wir uns schon anderswo ineinander verliebt, wahrscheinlich in einer Dachwohnung von Atlantis.

Ich eroberte sie mit einem kleinen Abendessen bei mir zu Hause. Sie trug den Hut einer Stummfilmdiva und war in einen orangefarbenen Wollrock gezwängt, der etwas über dem Knie endete, um Platz für tiefschwarze

Strümpfe zu lassen, die fast sofort wieder in Stiefel eintauchten.

Sie kam in Begleitung von zwei Bio-Tiefkühlpizzas, als hätte sie das Schicksal meiner vorgekochten Rouladen vorausgeahnt, die bald darauf in vollkommen verflüssigter Form meinen Mikrowellenherd verließen.

Am Verhalten eines Paars in seinen Anfängen kann man seine Bestimmung ablesen. Elisa war in mein Leben getreten, um den Speiseplan zu ändern. Nicht ebenso klar war, was ich in ihrem bewirken sollte. Vielleicht, ihr etwas Leichtigkeit vermitteln: Während ich die Rouladen aus dem Herd holte, brachte sie mein Gesichtsausdruck ziemlich zum Lachen.

Als wir ins Wohnzimmer hinübergingen, fühlte ich mich ihr gegenüber so sicher, dass ich beschloss, ihr alles zu erzählen. Ich meine nicht die üblichen Lügen, sondern etwas wirklich Unglaubliches: die Wahrheit.

Ich legte ihr das Fotoalbum meines Lebens auf die Knie und setzte mich auf die Sessellehne, um das Umblättern zu steuern.

»Hier, das bin ich, noch ganz klein, mit meiner Mutter … Spar dir die Bemerkung, die alle machen: ›Wie süß du warst! Was ist denn dann passiert?‹«

»Ich mag dich jetzt lieber. Du würdest mir nicht gefallen mit Pausbacken und Wuschellocken auf dem Kopf.«

»Aber es ist wirklich was passiert, im Ernst. Siehst du? Auf den folgenden Fotos sieht man meine Mutter nicht mehr. Sie ist gestorben, als ich neun Jahre alt war.«

»Das tut mir leid.«

Mit ihren Pianistenfingern strich sie mir über die Hand und ließ sie dort liegen.

»Sie kämpfte gegen einen Tumor, aber sie war so

schwach geworden, dass ein Infarkt sie am Silvestermorgen hinweggerafft hat.«

Sie sah mich auf eine bestimmte Weise an. Wie eine Frau dich ansieht, wenn sie beschlossen hat, auf dich zu setzen.

Ich versuchte, ihr Knie zu streicheln. Das war jedenfalls meine Absicht. Heraus kam ein Stoß mit dem Ellbogen gegen ihren Schenkel.

»Ist das ein Problem für dich, dass ich Waise bin?«

Sie zuckte leicht zurück, aber mehr wegen des Ellbogenstoßes als wegen des Waisenkinds vor ihr.

»Ich kenne viele Waisenkinder, deren Eltern noch leben: Kinder, die ungeliebt oder unverstanden sind.«

»Hast du Angst vor dem Tod?«

Typisch ich. Ich hocke auf der Lehne eines Sessels in Erwartung des rechten Augenblicks, die mir möglicherweise vom Schicksal bestimmte Frau zu küssen, und ich frage sie, ob die Vorstellung zu sterben sie schrecke.

Sie schien jedenfalls nicht irritiert. Und auch nicht überrascht.

»Als Mädchen bin ich dem Tod nahe gekommen. Seither kenne ich ihn und denke nicht mehr daran. Ich weiß, dass es der Übergang in eine andere Dimension ist: von der Materie zur Antimaterie. Die Ägypter nannten das ›Ausgang ins Licht‹. Das macht schon weniger Angst, nicht wahr?‹«

»Und das Leben?«

»Ich habe Angst, es zu vergeuden. Wenn der Tod eine Reise ist, dann ist das Leben, stelle ich mir vor, der Preis der Fahrkarte.«

»Sterben ist nicht schlimm. Grausam ist, nicht zu leben.«

»O! Das habe ich auch gelesen, ich erinnere mich nur nicht mehr, wo.«

»Das ist von mir.«

Falls wir zusammenkommen sollten, musste ich daran denken, *Die Elenden* aus dem Bücherregal verschwinden zu lassen.

»Bist du sicher? Und was genau wolltest du sagen, als du es geschrieben hast?«

Ich begann zu verstehen, was für ein Typ sie war. Sie gab sich nicht damit zufrieden, auf dem schönen Satz dahinzusegeln. Sie wollte ihm und mir auf den Grund gehen.

»Na ja … dass man das Leben angehen muss. Dass auch die Schmerzen, die Ungerechtigkeiten und die vergossenen Tränen zu etwas gut sind, auch wenn ich nicht wüsste, wozu.«

»Meiner Meinung nach sind sie zu etwas gut, wenn sie dich dazu bringen, dich zu ändern. Nachdem du einen Schlag erlitten hast, hast du dich da je gefragt: Warum ist mir das passiert? Was will das Leben mir damit sagen?«

»Nein, gewöhnlich beklage ich mich über den Schlag und das war's. Hättest du mir zufällig eine Antwort anzubieten?«

»Dann ziehst du mich wieder auf wie mit Atlantis!«

»Ich habe dich nicht aufgezogen! Nicht zu sehr jedenfalls …«

Wie zum Beweis meiner Unschuld breitete ich die Arme aus zum arthrotischen Schmetterling und versetzte ihr einen zweiten Stoß mit dem Ellbogen, diesmal gegen die Schulter.

Sie nahm meine beiden Hände, ich glaube, zum Selbstschutz. Unsere Finger verschränkten sich, und sie drückte die meinen.

Es gibt keinen schöneren Augenblick am Beginn einer Liebesgeschichte, als den, wenn du deine Finger mit denen der anderen Person verschränkst und sie sie dir drückt. Ein Meer von Möglichkeiten tut sich vor dir auf.

Ich bewegte meine Lippen auf die ihren zu, aber ich musste nicht die ganze Strecke zurücklegen, weil sie mir auf halbem Weg entgegenkamen.

Sie schmeckten nach schönen Träumen.

DAS UNAUSWEICHLICHE ÜBERRASCHTE MICH

XXVII

Das Unausweichliche überraschte mich, als ich gerade für einen Auswärtstermin den Koffer packte.

Mein Vater kämpfte seit einiger Zeit mit einem Tumor und verkündete mir die Verschlimmerung seiner Krankheit am Telefon, in demselben bürokratischen Tonfall, mit dem er mich an eine fällige Stromrechnung erinnerte.

Ich verspürte einen Krampf im Magen, dessen Heftigkeit mich überraschte. War das nur die Angst, meinen Vater zu verlieren, oder hatte ich gerade entdeckt, wie gern ich ihn hatte?

Ich änderte Ziel der Reise und Reisegepäck und verbrachte den Sommer mit Elisa in Turin, in dem Zimmer, wo Mama zum letzten Mal mit mir gesprochen hatte.

Denn jetzt lag in diesem Bett Papa. So wehrlos gegenüber dem Tod. So anders als der Mann, den ich mein Leben lang gefürchtet hatte.

Eines Abends im August sah er die Sonne hinter dem Fenster untergehen und begriff, dass er sie nicht mehr wiedersehen würde. Er fasste mich am Handgelenk.

»Ich habe nur deine Mutter geliebt, weißt du?«

»Deinen Sohn auch, hoffe ich.«

»Ich habe dich nie verstanden. Aber ja, doch, ich hab dich lieb gehabt. Auf Treu und Glauben.«

Er versuchte ein Lächeln, aber der Husten erstickte es.

»Ich fühle mich noch immer schuldig ihr gegenüber. Wenn ich nicht wieder eingeschlafen wäre in dieser Nacht ...«

»Aber was sagst du denn da, Papa? Du bist Napoleon, gut und schön. Aber nicht einmal der hätte einen plötzlichen Infarkt abwenden können.«

Er wollte etwas erwidern, schloss aber dann die Augenlider. Als er sie wieder öffnete, schwebte er schon in einem Anderswo.

»Nach dem Tod deiner Mutter warst du ein sehr einsames Kind. Ich hätte dir einen Hund kaufen sollen, einen Hund.«

»Ich hätte mich mit einer annehmbaren Kinderfrau zufriedengegeben. Aber jetzt ist es genug, ruh dich aus ...«

»Hund«, sollte sein letztes Wort bleiben. Ich hatte dieses Wort nie zuvor aus seinem Mund gehört und schrieb die Absonderlichkeit den Auswirkungen des Fiebers zu. Mein Vater war unempfänglich für den Zauber von Tieren gewesen.

Der Leichnam wurde im Wohnraum aufgebahrt, wie damals der von Mama auch. Und unter denjenigen, die die Totenwache hielten, war diesmal auch ich.

Während sie am gekühlten Sarg vorüberging, flüsterte die weibliche Hälfte von Giorgio und Ginetta mir leise zu: »Verkauf diese verfluchte Wohnung!«

Der Satz erschien mir sinnlos. Belfagor, der sofort zu Rate gezogen wurde, schrieb ihn der Verzweiflung über den Verlust eines lebenslangen Freundes zu.

An meinem Geburtstag, der auch der Tag der Schutzengel ist, stieg ich mit Elisa auf den Monte Circeo, um ein bisschen von den versäumten Ferien nachzuholen.

Wir gingen am Waldrand entlang, als aus einer Hecke etwas vollkommen Weißes hervorschoss. Ein Hund, nicht größer als eine Maus, mit Schnauze und Pfoten eines Wolfs.

Er schnupperte, unentschieden, welche Richtung er einschlagen sollte. Dann aber, unter all den Passanten, die um seine Aufmerksamkeit buhlten, kam er schnurstracks auf mich zu.

Ich liebte ihn sofort, also versuchte ich, ihn loszuwerden. An einer Kreuzung gelang es mir, ihn abzuhängen, aber Elisa kehrte um und fand ihn mitten auf der Straße sitzend: Er wartete auf sie.

Er wurde Billy. Da wir keine Erfahrung mit Hunden hatten, brauchten wir zwei Tage, um herauszufinden, dass es sich um eine Hündin handelte. Der Klang des Namens blieb gleich, nur die Schreibung änderte sich: Billie. So hatte mir Papa zum Geburtstag einen vierbeinigen Schutzengel geschickt.

Ich hätte als Erster an irgendwelchen astralen Koinzidenzen gezweifelt, wenn Billie sich nicht von Anfang an als untypisches Hündchen entpuppt hätte. Sie bellte keine Katzen an. Bevor sie einen Raum betrat, hob sie die Vorderpfote und bat um Erlaubnis. Sie pflegte ihre Einsamkeit sorgfältig und verbrachte ganze Tage damit, auf einen unbestimmten Punkt im Raum zu schauen.

Mit der Zeit habe ich, glaube ich, verstanden, was sie sieht. Billie nimmt die Energieströme der Liebe wahr. Sie nährt sich von dieser Art von Schwingungen.

Es braucht nur jemand in ihrer Umgebung die Stimme zu stark zu erheben, da verkriecht sie sich in den hintersten Winkel der Abstellkammer. Aber wenn sich zwei Personen in ihrem Wahrnehmungsfeld umarmen, werden sie an ihren Knöcheln einen Lufthauch spüren. Das ist der Engel der Liebe, der mit dem Schwanz wedelt.

Meine Arbeit setzte mich den ganzen Winter über in einem Apartment in Mailand fest, wo Elisa und Billie mich an den Wochenenden besuchen kamen.

Eines Abends, als der Himmel bleiern war und Belfagor mein Herz in der Farbe des Himmels ausgemalt hatte, setzte ich die Wolfsmaus vom Monte Circeo auf ein vom Verkehr umbrandetes Atoll Grün.

Die anderen Hunde standen reglos in der Mitte der Insel, gelähmt von der Vorstellung, ins Meer der Autos zu fallen. Billie hingegen verließ sich auf die aerodynamische Ausstattung ihres Gestells und preschte in einem frenetischen Reigen rund um die Grünfläche. Es war ein absurder und wundervoller Lauf: ihre Art, sich der Wirklichkeit zu widersetzen und sie dem Traum anzuverwandeln, der in ihr lebendig war.

Ich begriff die Lektion nicht, und beim Abendessen setzte ich mich Elisa gegenüber, um mir den Bauch mit Ravioli vollzuschlagen und ihr die Ohren vollzujammern mit Klagen über die Welt, die sich gegen mich verschworen hatte.

»Warum benimmst du dich wie ein Opfer, ohne es zu sein?«, unterbrach sie mich. »Du denkst schlecht. Und isst noch schlechter. Du packst die Gabel, als ob sie ein Meißel wäre, und der Sugo läuft dir aus dem Mundwinkel. Ekelhaft.«

»Deine unbestechliche Beobachtungsgabe! Fräulein Superkorrekt, von allem, was ich dir erzählt habe, ist das Einzige, was dich interessiert, der Sugo?«

»Ja, er interessiert mich. Sehr. Du bist vierzig und benimmst dich bei Tisch wie ein ungezogenes Kind. Hat dir denn niemand ein bisschen Manieren beigebracht?«

»Und wer sollte mir die denn beibringen? Wer? Niemand hat mir je irgendetwas beigebracht. Niemand!«

Mit großen Schritten durchmaß ich den kleinen Wohnraum auf der Suche nach etwas, das sich mit Befriedigung zerstören ließe. Bis ich zwischen Sofa und Vorhang ein zitterndes Weiß erblickte.

Billie. Verschreckt, aber vor allem gekränkt: Ohne Liebe, wie ich war, ließ ich sie verhungern. Ich fiel auf die Knie und drückte sie an mich, in einer Umarmung, die mich an eine andere, ferne erinnerte. Tränen liefen mir herunter, von denen ich nicht wusste, dass ich sie besaß. Billie leckte sie alle geduldig auf, und meine Wut verrauchte allmählich.

Am nächsten Morgen fand ich eine Nachricht von Elisa in der Jackentasche. Sie hatte sie auf die Rückseite einer Visitenkarte geschrieben.

Denke jeden Augenblick daran, dass Deine Mutter lebt und Dir das Leben beibringt. Sie war immer bei Dir und ist traurig darüber, dass Du nicht an die vollkommene Liebe glaubst. Begrüße sie beim Aufwachen und sprich immer mit ihr, über alles. Sie weiß, was Liebe ist. Dank ihr für die guten Gefühle, die sie für Dich hat, und versuche, Deine Zweifel loszuwerden. Stell Dir vor, du wirfst sie in einen Papierkorb.

In Erwartung, einen entsprechend großen Papierkorb zu finden, faltete ich das Papier und legte es in das Etui, das ich in der Innentasche des Jacketts trug. Neben dem

Foto, das mich lächelnd auf Mamas Schoß zeigt, enthielt es ein seltenes handschriftliches Dokument von meinem Vater. Unter dem wie üblich auf der Maschine getippten Brief voller Hinweise auf zu zahlende Stromrechnungen und Strafzettel hatte er mit eigener Hand hinzugesetzt: *Eine Umarmung, Papa*.

XXVIII

Auf dem Rückweg von seiner Beerdigung kam Madrina auf mich zu. Bevor sie wieder in mein Leben trat, hatte sie gewartet, bis er das seine beendete.

Sie redete mit mir, als ob ich noch neun Jahre alt wäre. Und in gewisser Weise war ich ja auch dort stehen geblieben. Die Gefühle der Kindheit prägen sich dem Herzen ein wie unauslöschliche Tätowierungen. Auch wenn sie tot scheinen, sie sind nur ohnmächtig. Und sie können ohne große Erklärungen wieder aufgeweckt werden.

Madrina entpuppte sich als Überlebende einer unbekannten Welt. Sie trat aus den Nebeln meiner Vergangenheit mit einem prall gefüllten Rucksack voller Erinnerungen, und ihre Erzählungen errichteten einen Schutzwall der Wärme, der Tag für Tag größer wurde.

Aus Angst, etwas zu verpassen, bat ich sie, mir alles aufzuschreiben.

Alles, was Mama anging.

Am Heiligabend übergab sie mir ein grünes Heft mit karierten Seiten: Sie hatte sie mit nüchternen Sätzen gefüllt, niedergeschrieben in einer gestochenen Handschrift, ohne Korrekturen.

Ich habe sie während des Krieges kennengelernt. Ich arbeitete bei der Spa, einem Unternehmen der Fiat-Werke, die kurz zuvor bombardiert worden waren, und sie kam zum Vorstellungsgespräch. Sie war sechzehn, drei Jahre jünger als ich. Ich erinnere mich an ihre großen blauen Augen, aufgerissen in einem Ausdruck von banger Erwartung und Schrecken. Ich sagte zu einer Kollegin: »Draußen ist ein Mädchen, das sieht aus wie ein Engel.«

Einige Zeit später sah ich sie im Büro wieder, mit einem schwarzen Kopftuch. Nachdem sie als Maschinenschreiberin angestellt worden war, war sie an Typhus erkrankt, und alle Haare waren ihr ausgegangen. Ihre Hände waren blau, aber das hatte mit dem Typhus nichts zu tun. Das kam von der Tinte des Durchschlagpapiers, durch das sie die Kopien ihrer Schriftstücke tippte.

Wir entdeckten, dass wir nicht weit auseinander wohnten, und begannen, samstagnachmittags zusammen auszugehen. Dann kam das Kriegsende. Die Befreiung. Die Arbeiter besetzten die Fabrik, und wir Frauen wurden einen Tag und eine Nacht in den Keller geschickt, um abzuwarten, bis die Deutschen aus der Stadt abgezogen waren.

Deine Mama und ich machten uns auf den Heimweg. Wir gingen im Zickzack, denn nicht alle Straßen waren sicher. Faschistische Heckenschützen schossen von den Dächern, und man musste oft rennen. Zu diesem allgemeinen Problem kam noch das Deiner Mutter hinzu: An einer Sandale war ihr ein Riemchen gerissen, und jedes Mal, wenn wir eilig eine gefährliche Straße überqueren mussten, verlor sie ihren Schuh. Ich weiß nicht, wie oft ich stehen bleiben musste, um auf sie zu warten.

In den folgenden Tagen konnten wir uns nicht mehr so

leicht treffen, denn sie wohnte in der Via Calandra neben zwei Bordellen, und die Schlange der Partisanen davor reichte bis zum Corso Vittorio. Deine Mama ging nur in Begleitung von Großmutter Giulia aus und tat so, als würde sie die bewundernden, aber unangenehm ordinären Kommentare der anstehenden Männer nicht hören.

In diesem Sommer nach Kriegsende haben wir uns beim Tanzen vergnügt. Wir gingen ins Pagoda, ein Lokal am Corso Massimo, direkt bei der Straßenbahnhaltestelle.
Wir kamen um fünf aus dem Büro. Das Pagoda hatte bis halb sieben offen und dann wieder am Abend, aber da hatte ich keine Erlaubnis auszugehen. So nutzten wir diese freie Lücke vor dem Abendessen.
An einem Tischchen saß Senator Agnelli mit seiner Pflegerin. Der Gründer der Fiat-Werke lauschte schweigend der Musik und sah den jungen Leuten beim Tanzen zu. Er war immer der Letzte, der ging. Wenige Monate später war er tot.
Eines Nachmittags kam eine Gruppe eleganter junger Männer daher, die wir noch nie gesehen hatten. Einer von ihnen ging auf die hübscheste Blondine im Saal zu und forderte sie auf, einen Tango mit ihm zu tanzen. Er sagte, er heiße Gianni. Erst als er gegangen war, fanden wir heraus, dass es Gianni Agnelli, der Enkel des Senators, war. Die anderen Mädchen scharten sich um die Blondine: »Was hat er zu dir gesagt?« Aber sie erinnerte sich nicht. Vielleicht nur »danke«.
Deine Mama wusste nicht, dass sie mit ihrem Arbeitgeber Tango getanzt hatte.

Mit zwanzig erkrankte sie an einer Lungenentzündung. Antibiotika waren damals noch nicht im Handel, und sie wurde mit Sulfonamiden und Umschlägen behandelt, aber das Fieber war extrem hoch. Sie bekam kaum Luft und war völlig erstickt von dem Schleim, sodass sie nicht einmal trinken konnte. Der Arzt, der sie behandelte, hoffte auf Gott, wie wir.
Jeden Abend nach dem Büro lief ich zu ihr. Meine Mutter fürchtete, die Krankheit könne ansteckend sein, aber sie wagte nicht, mich davon abzuhalten, und wollte es auch nicht. Sie war überzeugt davon, dass Rauch die Mikroben abtötet, und zu meiner größten Verwunderung kaufte sie mir Zigaretten, was sie mir immer verboten hatte.
Als die Lungenentzündung immer schlimmer wurde, sprach ich meinen Vorgesetzten, einen mürrischen, aber gutherzigen Mann, an. Er sprach mit einem hohen Tier bei Fiat. Am nächsten Tag kamen die Antibiotika, und Deine Mutter war gerettet.

Sie aß so gerne Süßes. Im Sommer nahm sie mich mit in eine Eisdiele in der Nähe zum Eisessen. Einmal kam ein Junge im Blaumann daher. Er fuhr ein klappriges Fahrrad, vollkommen überladen mit Waren. Er verlangte die kleinste Portion, aber sein Geld reichte nicht einmal für die, und die Eisverkäuferin weigerte sich, ihm etwas zu geben.
Ganz kleinlaut stieg er wieder auf sein Rad. Deine Mama rief ihn zurück. Noch jetzt höre ich ihre Stimme: »Juuuungeee!«

Böse funkelte sie die Eisverkäuferin an, bestellte eine Riesenportion und gab sie dem kleinen Arbeiter. Seit dem Tag setzte sie keinen Fuß mehr in diese Eisdiele.

Im Pagoda hatte sie einen gewissen Carlo kennengelernt. Ein hübscher Junge. Nein, ein Mann, denn er wird dreißig Jahre alt gewesen sein, und mit dreißig war man damals ein Mann.
Carlo war ihre erste Liebe. Er kam aus der Provinz Asti und besaß ein Auto. In einer Welt der Fahrräder war das etwas Besonderes.
Eines Sonntags führten er und sein Bruder uns in ihr Dorf aufs Kirchweihfest. Der Tanz auf der Piazza sollte nach der Vesper bei Sonnenuntergang beginnen: zu spät für zwei Mädchen aus der Stadt, die zum Abendessen zu Hause sein mussten. Aber um mit Deiner Mama tanzen zu können, brachte Carlo die Musikkapelle dazu, früher anzufangen, zur großen Empörung der anderen Dorfbewohner.
Dieser Carlo wollte immer nur seinen Spaß haben und sich nie festlegen. Er verschwand, bevor die Beziehung ernster wurde. Deine Mama litt darunter, aber das verging auch wieder. Dann war da Vanni, der ihretwegen eine andere verlassen hatte, die er dann, glaube ich, heiratete, nachdem Deine Mama ihm den Laufpass… Kurz, sie hat ihn verlassen. Sie war nie wirklich in ihn verliebt gewesen.
Bei der Hochzeit unserer Kollegen Giorgio und Ginetta lernte sie Deinen Vater kennen. Vanni war schüchtern gewesen. Er dagegen… Auch wenn Dir das seltsam vorkommt, in Gesellschaft konnte er jovial und extrovertiert sein.

*Alles Weitere müsstest Du mehr oder weniger wissen.
Die Feindseligkeit von Großmutter Emma, das erzwungene Zusammenleben unter einem Dach, der Umzug in die neue Wohnung und Deine Geburt.*

---

*Deine Mama hatte Angst vor körperlichem Schmerz. Jetzt erzähle ich Dir die Odyssee mit ihren Weisheitszähnen.
Sie schmerzten beim Essen, aber sie wollte sie lieber behalten, als zum Zahnarzt zu gehen.
Ich hatte angeboten, sie zu begleiten, aber dreimal kam sie nicht zum vereinbarten Termin. Beim vierten Mal habe ich sie von zu Hause abgeholt und sie bis zur Zahnarztpraxis gebracht.
Ich läute, begrüße die Sprechstundenhilfe (mittlerweile waren wir ja alte Bekannte) und sage zu ihr: »Endlich konnte ich meine Freundin überzeugen.« Und die Sprechstundenhilfe: »Welche Freundin?« Ich drehe mich um, und Deine Mama ist nicht mehr da.
Unten an der Treppe habe ich sie eingeholt und wieder zurückgebracht. Nach erfolgter Operation wollte sie die Zähne sehen, die ihr gezogen worden waren. Sie konnte es gar nicht fassen, dass sie nichts gespürt hatte, dank der Anästhesie.*

---

*Wieso ich Dir diese Geschichte aufgeschrieben habe?
Manchmal verliere ich den Faden, das kommt vom Alter.
Ach ja. Deine Mama hatte Angst vor körperlichem Schmerz. Höllische Angst.*

Das einzige Mal, dass ich das nicht an ihr gesehen habe, das war vor Deiner Geburt. Da überwog die Freude alles andere, sogar die Furcht. Ich habe Dich in meinen Armen aus der Klinik nach Hause gebracht. Onkel Nevio fuhr vorsichtig, er hatte kostbare Fracht an Bord.
Jeden Sonntagnachmittag kamen wir zu Euch und blieben zum Abendessen, auch wenn es nur ein Schinkenbrot war. Während Deine Mama aufräumte, brachte ich Dich ins Bett und redete mit Dir. Meine Stimme gefiel Dir, Du hast mich angelächelt und protestiert, wenn ich still war.
Wir haben uns viele nette Dinge gesagt.
Einmal, da mochtest Du zwei Jahre alt sein, war ich nach dem Büro schnell vorbeigekommen, um Dich zu besuchen, und Du warfst mir weinend die Arme um den Hals: Du wolltest nicht, dass ich weggehe. Ich fürchte, Du mochtest vor allem den weichen Pelzkragen an meinem Mantel.
Ein paar Jahre später waren wir zusammen auf einer Kreuzfahrt zu den Kanarischen Inseln, erinnerst Du Dich? Mama war seekrank und blieb in der Kabine oder in einem Liegestuhl auf Deck und fragte mich immer wieder nach Dir. Aber Du warst ständig woanders. Du warst neugierig auf alles. Damals hattest Du ein Faible für ausländische Hauptstädte. Du hieltst einen Passagier an und fragtest ihn: »Was ist die Hauptstadt von Peru?«
Und wenn er es nicht wusste, schimpftest Du ihn aus.
Als wir in Cádiz an Land gingen, kam der Reiseleiter, der uns durch eine Schnapsfabrik führen sollte, zu spät, und da er nicht gut Italienisch konnte, sagte er, er sei »traurig« über den Zwischenfall. Du warst beeindruckt von diesem Bekenntnis, das in Einklang stand mit seinem melancholischen Gesichtsausdruck.
Als wir wieder in den Reisebus kamen, der uns zum Hafen

zurückbringen sollte, fand jeder auf seinem Sitz eine Flasche Schnaps. Du hast keinen Augenblick gezögert: Du hast die Flasche genommen und sie dem Reiseleiter geschenkt. »So ist er nicht mehr traurig.« Und tatsächlich hast Du ihn zum Lächeln gebracht.

Es war eine schöne Zeit. Mit Mamas Krankheit war das alles vorbei. Ich weiß nicht, was man Dir über sie erzählt hat. Aber es war unmöglich, sie nicht gern zu haben. Sie war einfach sympathisch. Sie hatte eine ganz eigene Energie.

Nach ihrem Tod begann es, dass Dein Vater sagte, wir könnten uns sonntags nicht mehr sehen, weil Ihr den Toro auch bei Auswärtsspielen begleiten müsstet.

Aber an den anderen Tagen arbeitete ich. Ich bat ihn, mir entgegenzukommen. Er antwortete mir, es sei nicht seine Art, um Almosen zu bitten: Wenn ich unter der Woche keine Zeit für Euch hätte, würdet Ihr ohne mich auskommen.

An Heiligabend kam ich Dich mit Onkel Nevio abholen, um ein Geschenk kaufen zu gehen, und Du standst unten vor der Haustür: Dein Vater wollte uns nicht einmal hinaufbitten.

Ich glaube, er war eifersüchtig auf meinen Mann, der Lehrer war und Dich faszinierte mit dem, was er zu erzählen wusste. Und ich erinnerte ihn an Mama, während er dieses Kapitel seines Lebens doch abschließen wollte.

Ich habe wieder und wieder versucht, Zugang zu Deinem Leben zu bekommen. Umsonst. Ich weine nie, aber eines

Abends fand Onkel Nevio mich in Tränen aufgelöst beim Telefon. Er ärgerte sich sehr und verbot mir, Deinen Vater noch einmal anzurufen.
Ich habe Dein Leben aus der Ferne verfolgt, durch das, was Giorgio und Ginetta mir von Dir erzählten. Ich habe angefangen, heimlich Il Giorno *zu lesen, wenn Du dort schriebst. Dann bist Du zu* La Stampa *gegangen, unserer Hauszeitung, da konnte ich Dich auch ohne Heimlichkeiten im Auge behalten. Deine Artikel zu lesen war jahrelang meine Art, bei Dir zu sein.*
Wir haben uns zu spät wiedergefunden. Mein Mann ist nicht mehr, und ich merke, wie im Lauf der Monate, nicht einmal der Jahre, die Kräfte weniger werden und die Beschwerden zunehmen. Es ist mir jedenfalls ein großer Trost, zu wissen, dass Du da bist, und zu sehen, dass Du mit Elisa zusammen bist. Sie hat mir gleich gefallen, und sie hätte auch Deiner Mama gefallen.
Ich habe Euch sehr lieb, Kinder, Ihr seid jetzt das Schönste, was ich habe.
Madrina

XXIX

Trotz der dunkleren Töne auf der letzten Seite schloss ich das Heft mit einem Gefühl der Dankbarkeit. Ich hatte das Mädchen kennengelernt, das später meine Mutter werden sollte. Und die Macht einer Freundschaft. Mama und Madrina waren mehr als Schwestern gewesen. Sie hatten sich nicht vorgefunden, sondern hatten einander gewählt.

Mich beeindruckten auch die Unternehmungen dieses Jungen, dieses kleinen Frechdachses voller Tatendrang. War ich wirklich so gewesen, bevor ich den Antrieb der Liebe verloren hatte?

Da ging das Wenn-Spiel wieder los.

Wenn Mama länger am Leben geblieben wäre wie irgendeine ganz normale Mama, wäre ich im Schatten zweier Frauen aufgewachsen, die sich liebevoll über mich gebeugt hätten: sie und Madrina. Statt ungeschickt um die Mädchen herumzuschleichen, die mir gefielen, wäre ich keck auf sie zugegangen und hätte sie nach der Hauptstadt von Peru gefragt. Und statt mich und meine Jugend in einer Nabelschau zu isolieren, hätte ich allen Bedrückten Schnaps geschenkt, auf die Gefahr hin, dass ich wegen Anstiftung zur Trunkenheit festgenommen werden würde.

Das wäre aber zu einfach gewesen. Und ein solches

Leben wäre mir zu nichts nutze gewesen. Alles in allem zog ich mein Leben mit dem Stachel im Herzen vor. Ich hatte den ersten Teil meiner Tage damit zugebracht, einem anderen Leben nachzuweinen, das ich nicht würde leben wollen.

Dieses blonde Mädchen mit seinen von Kohlepapier schmutzigen Händen und den aufgerissenen Augen, die auf eine Welt voller Schrecken blickten, fehlte mir nach wie vor ganz fürchterlich. Aber jetzt auf andere Weise. Jetzt fehlte mir die Möglichkeit, es zu beschützen.

Ich hatte noch einmal geheiratet, um neun Uhr morgens an einem Frühlingstag auf dem Kapitol, und dabei mit Heidelbeersaft angestoßen. Während ich dem Fotografen zugelächelt hatte, der uns in ansprechenden Posen vor dem unvergänglichen Hintergrund des Forum Romanum verewigte, hatte ich mich einen Augenblick lang nicht als Waise, sondern als Mann gefühlt.

Mit Elisa lernte ich neue Menschen und Bücher kennen, ich entdeckte, dass man Spiritualität pflegen kann, ohne sich einer Massenreligion anzuschließen, ich begriff Geheimnisse, die wir beharrlich ignorieren, auch wenn sie in uns liegen. Oder vielleicht gerade deswegen.

Ich lernte, die Ereignisse nicht zu erleiden, sondern sie als Zeichen zu interpretieren. Ich entdeckte, dass die Liebe ein Stab sein kann, auf den man sich stützt, aber vor allem ein Schwert ist, mit dem man sich ein neues Bewusstsein der eigenen Möglichkeiten erobert. Jahrelang hatte ich sie als einen Zugewinn für mich betrachtet, während Liebe bedeutet, einem anderen Menschen etwas abzugeben.

In einer Rubrik für Herzensangelegenheiten hatte ich mit meinen Lesern einen Dialog über derlei Themen eröffnet. Es war Elisa gewesen, die mir dazu den Anstoß gegeben und mich ermuntert hatte, auf die Männer zu pfeifen, die die Erziehung des Herzens für einen Zeitverlust und die Erzählung von Seelenqualen für ein Eingeständnis der Schwäche halten.

Eines Tages im März erreichte ein besonderer Brief die Redaktion. Von der ersten Zeile an war mir klar, dass das die Gelegenheit meines Lebens war, den anderen endlich zu enthüllen, wer ich wirklich war. Ich gebe hier den Wortlaut des Briefes wieder, gefolgt von meiner Antwort, wie sie in der Zeitung abgedruckt waren.

Ich bin neununddreißig Jahre alt und glücklich verheiratet. Ich schreibe Ihnen also nicht wegen Eheproblemen, sondern weil ich eine wunderbare Mutter hatte, die nur knapp zwanzig Jahre älter war als ich. Ein Brustkrebs hat sie in den Weihnachtsferien dahingerafft, und seither ist alle Farbe aus meinem Leben gewichen.
Durch meine Mutter habe ich gelernt, die Rolling Stones zu lieben (die Beatles etwas weniger), Lucio Battisti und meinen Nächsten. Sie hat mir beigebracht, mich mit anderen wohlzufühlen, Achtung vor den Schwachen zu haben und nicht darunter zu leiden, dass die Welt sich uns Romantikern gegenüber taub und blind zeigt.
Sie hat ihr Leben lang in einer Fabrik gearbeitet, hat meinen Vater sehr geliebt, hat meinen Großvater gepflegt und hat, selbst schon im Endstadium ihrer Krebserkrankung, ihrer Mutter bis zum Schluss beigestanden. Als Großmutter tot war, hat sie sich über sie gebeugt und ihr ins Ohr geflüstert: »Danke für alles.«

Drei Monate später ist sie gestorben. Es war ein sonniger Morgen, und mit ganz dünner Stimme hat sie zu mir gesagt: »Du darfst nie aufgeben, du bist tüchtig, und es war eine Ehre für mich, dich zum Sohn zu haben.«
Ich weine, während ich Ihnen dies schreibe, mein Herz ist gebrochen, und ich kann mich gar nicht mehr fassen. Es ist zu schwer für mich. Ich wende mich an Sie in diesem Augenblick äußersten Leids, damit Sie mit Ihrer Weisheit und Ihrem Wissen diese unfassbare Leere zumindest zum Teil ausfüllen.

Gabriele

Ich bin weder weise, noch weiß ich besonders viel, Gabriele. Aber ich bin auch Waise, meine Mutter starb, als ich neun war. Und Briefe wie der Ihre sind noch immer imstande, mich aufzuwühlen, selbst in einer Zeit wie der unseren, in der Gefühle zu TV-Formaten verschnitten werden.
Vor zehn Jahren, da war ich schon dreißig, sprach ich nicht gern über meine Mutter, mit niemandem, nicht einmal mit mir selbst. Als Junge leugnete ich unbewusst, dass sie tot war, indem ich ihr Foto in einer Schublade versteckte. Wenn ich jetzt sogar öffentlich in der Zeitung darüber schreiben kann, dann deshalb, weil ich meinen Schmerz akzeptiert und allen verziehen habe. Ihr, dass sie fortgegangen ist, dem Universum, dass es sie zu sich genommen hat, mit dreiundvierzig, nach einem Leben, das nicht viel anders war, als das Ihrer Mutter.
Meine Mutter hatte im Krieg den Vater verloren, und in einem Alter, da die jungen Leute heute in dieser Rubrik von ihren ersten erkalteten Gefühlen erzählen, arbeitete sie unter Bombenbeschuss in einer Fabrik, um meiner Groß-

mutter zu helfen, die vier kleineren Geschwister durchzubringen.
Sie war blond, zerstreut, gefühlvoll wie ich. Sie war selbstlos und immer für alle da, ein Ofen auf stets gleichbleibender Temperatur, wie ich es gern wäre, aber nicht bin.
Wenn sie die Krankheit überlebt hätte, die sie genau wie Ihre Mutter in den Weihnachtsferien dahinraffte, wäre ich heute wahrscheinlich Rechtsanwalt (das war ihre Prophezeiung, »bei der Redegewandtheit«), der Journalismus ist ein zu unsicheres Metier, und ich weiß nicht, ob ich den Mut gehabt hätte, ihr solchen Kummer zu bereiten.
Ich beneide Sie, Gabriele, weil Sie in Ihrem Brief die naheliegendste aller Anklagen nicht aussprechen: Wieso hat ein so guter Mensch so früh gehen müssen? Ihre Mutter hat kein verängstigtes Küken im Nest zurückgelassen, sondern einen erwachsenen Mann, dem sie noch hat beibringen können, seinen Nächsten, Lucio Battisti und die Rolling Stones zu lieben – das Wesentliche also. Und doch bleibt der vorzeitige Tod einer Mutter eine unannehmbare Ungerechtigkeit. Es rettet uns nur das Bewusstsein, dass dieses Leben ein Vorbereitungslehrgang ist. Den wir mit einem Lächeln auf den Lippen absolvieren sollten, wenn es geht. Aber der eigentliche Genuss muss anderswo sein.
Wir sind hier, um uns vorzubereiten. Wir sind aber nicht alle auf dem gleichen Niveau. Einige sind mit ihrem Pensum schon weiter voran und brauchen weniger Zeit, um ihren Schein zu machen und zum Flug abzuheben. Wer schon als junger Mensch ein Engel ist, der braucht nicht alt zu werden. Nicht immer wenigstens, sonst müsste

man ja schließen, nur die Bösen werden alt, und das stimmt nicht.
Sagen wir mal so: Jeder hat ein Programm zu verwirklichen in diesem Leben, und unsere Mütter haben das ihre schneller erledigt als andere. Weil es kürzer war. Oder weil sie besser waren. Zurück bleiben wir Kinder mit einer Ladung Erinnerungen, die in Ihrem Fall die Momente der Trauer zum Glück überwiegt.
Man hat mir erzählt, das Letzte, was meine Mutter in der Nacht getan habe, bevor sie endgültig das Bewusstsein verlor, sei gewesen, in mein Zimmer zu kommen und mich zuzudecken. Ihre Mutter hat Ihnen wunderbare Worte ins Ohr geflüstert. So sollten wir uns an sie erinnern: in der Haltung der Liebe und uns das letzte Mal segnend.
Und versuchen wir, dessen würdig zu sein, Gabriele.
Ohne Floskeln und ohne Angst.

Die Wirkung hatte ich nicht vorhersehen können. Ich wurde förmlich überrollt von einer Flut anteilnehmender Briefe, als hätten meine Worte einen Augenblick lang im Einklang mit der Weltenseele gestanden.

Eine Frau schrieb mir, nachdem sie die Rubrik gelesen habe, sei sie zu ihrer Mutter gegangen, einzig zu dem Zweck, sie einmal zu umarmen. Sie habe das schon seit einer Weile nicht mehr getan, aber wenn sie daran denke, wie andere ein Leben lang vergeblich um gewisse Umarmungen gebettelt hätten, fühle sie sich zum ersten Mal privilegiert. Eine andere Leserin, die ihre Mutter mit zwei Jahren verloren hatte, betrachtete hingegen mich als privilegiert, weil ich an meine wenigstens Erinnerungen hatte.

Unter den Zeitungsmitarbeitern löste das Geständnis je nach geografischer Zugehörigkeit unterschiedliche Reaktionen aus. Die Krieger der Information, die den sogenannten *Tian'anmen-Saal* bevölkerten, hängten den Brief am Schwarzen Brett aus. Ein Bote sprach mir sogar sein Beileid aus.

Im *Capalbio*, dem Raum der Intellektuellen und Phantasten, wo auch ich verkehrte, gab keiner zu erkennen, dass er den Brief gelesen hatte, abgesehen von einer unsinnig hübschen Praktikantin, die mich fragte, von welchem französischen Film ich mich hätte anregen lassen. Nur ein sechzigjähriger Leitartikler mit schroffen Manieren legte mir zwei Stückchen Schokolade und einen Zettel auf den Schreibtisch: *Denk Dir, es sind Liebkosungen.*

Ein sehr berühmter Fernsehjournalist brachte am Telefon seine Enttäuschung über meine sentimentale Wende zum Ausdruck: Von einem Geißler der sozialen Sitten wie mir hätte er sich weniger Honig und mehr Pfeffer erwartet.

Er teilte mir mit, dass er im Aufbruch zu einer Safari sei, zusammen mit einer Horde Banker. Ich wünschte den Löwen guten Appetit.

WIE VIEL ZEIT
WAR VERGANGEN

XXX

Wie viel Zeit war vergangen seit meinem öffentlichen Bekenntnis?

Neun Jahre, wie im Flug, wie nichts.

Billie war noch weißer geworden und Elisa noch jünger: Sie hat die Haut eines jungen Mädchens.

Ich arbeitete wieder in Turin wie zu Chef Orsos Zeiten. Nur dass ich jetzt selbst einer der Chefs war.

Belfagor hatte weiterhin in mir geschlummert, und in den letzten Monaten war er wieder voll aktiv geworden, wie ein Vulkan, den man zu früh für erloschen gehalten hat.

Zu neuer Aktivität erweckt hatte ihn das Schreiben an meinem ersten Roman, den ich liebevoll »Romänchen« nannte. Nachdem ich Dutzende Geschichten angefangen und wieder verworfen hatte, hatte ich endlich den Mut gefunden, eine zu Ende zu führen. Aber die Grabungsarbeiten, die einen Schriftsteller dem Archäologen ähnlich machen, hatten dem inneren Ungeheuer neue Kraft verliehen.

All diese nur zur Hälfte ausgeführten Geschichten waren der Beweis dafür, wie viel Angst mir Belfagors Wiedererwachen machte. Aber wenn ich mein Leben ändern wollte, war es unerlässlich, dass ich ihn hervorlockte und zwang, sich zu stellen zur letzten Schlacht.

Der Tag der Wahrheit begann mit dem Espressokännchen, das aufgeregt blubberte, ohne dass sich der Druck im befreienden Schwall nach oben entladen hätte.

Kann sein, dass ich vergessen hatte, Wasser einzufüllen, aber ich hatte meine guten Gründe. Die Finger mit Tesafilm gespickt, versuchte ich, das Vorabexemplar des Romänchens zu flicken, das während der Lesereise Schaden genommen hatte. Wir Männer können nicht zwei Dinge auf einmal tun. Deshalb haben wir die Gesellschaft so eingerichtet, dass sie uns erlaubt, immer nur eins zu tun, während wir die übrigen Aufgaben unseren Gefährtinnen aufbürden.

Im Romänchen hatte ich mir einen Jungen vorgestellt, der seine Mutter verloren hat, ein bisschen wie ich, aber nicht zu sehr. Ich hatte ihn in die Becken eines ganz besonderen Wellness-Centers gelegt, der Therme Seelenheil, um ihn auf einen Weg der Initiation zu bringen, den einzuschlagen ich selbst nie den Mut gehabt hätte.

Ich hatte ihn umgeben mit spirituellen Ärzten, die Pater Nicos Maximen auswendig kannten. Ich hatte ihm gezeigt, wie man das Rauschen der wechselnden Emotionen von der ewigen Sprache der Gefühle unterscheidet. Ich hatte ihm Schmerzen und Hindernisse zugeteilt, aber auch die Energie, sie zu überwinden und wieder in Kontakt zur Intuition zu treten: diesem verkümmerten Teil des Gehirns, der mit dem Herzen in Verbindung steht und uns erlaubt, das zu vernehmen, was Jung »die Urnatur des Menschen« nennt.

Während des Schreibens hatte auch ich sie vernommen. Sie hatte mir Dinge enthüllt, die mir keine rationale Überlegung hätte bestätigen können, die sich mir aber aufdrängten mit der Macht einer seit jeher bekannten Wahrheit: dass wir alle eine Aufgabe zu bewältigen haben in diesem Leben und dass die meine darin bestand, das Fehlen meiner Mutter in meinem Leben zu verarbeiten, den Mangel an weiblicher Energie auszugleichen, indem ich sie aus mir selbst schöpfte.

Als ich das Exemplar des Romänchens provisorisch neu eingebunden hatte, verstaute ich es sicher, ganz hinten in einer abgelegenen Schublade meines Schreibtischs, neben der dänischen Keksdose. Dann machte ich frischen Kaffee und stürzte ihn, sogar ohne den Zucker umzurühren, hinunter: Elisa war mit dem Autoschlüssel in der Hand in der Tür aufgetaucht.

Es war Silvester. Und wie jedes Jahr, seitdem wir uns wiedergefunden hatten, mussten wir Madrina abholen, um sie zu Mama zu begleiten. Auf den Friedhof.

Sie machte mir auf, die Handtasche schon am Arm, aber während ich ihr in den Mantel half, brachte sie die Rede auf das Romänchen.

Ich hatte es ihr zu Weihnachten geschenkt, obwohl es bereits im Frühjahr erschienen war. Der Grund für die Verzögerung war eine kleine Augenoperation, die sie ein paar Monate lang um das Vergnügen, ihre Krimis zu verschlingen, gebracht hatte. Ich hätte ihr den Text vorlesen können, aber eine innere Stimme hatte mir empfohlen, abzuwarten, bis Madrina wieder sehen könne, und alles würde perfekt und richtig sein.

Ich fragte sie, ob ihr die Seiten über die Mutter des Helden zugesagt hätten. Ich war davon ausgegangen, hier das einzige autobiografische Moment der Geschichte zu erzählen, obgleich ich mir bei der Schilderung ihres Todes eine gewisse Freiheit genommen hatte.

Sie schleppt sich ans Fenster ... Sie reißt es weit auf und klammert sich an den Fensterrahmen ... Aber aus den Fingernägeln ist schon alles Leben gewichen ... Sie brechen ab ... und sie gleitet ins Leere mit erhobener Stirn und ausgebreiteten Gliedmaßen ... Sie fällt auf einen Schneehaufen ... ohne eine Verletzung oder einen blauen Flecken ... Sie ist während des Sturzes an einem Herzinfarkt gestorben.

Die Idee von dem fliegenden Leichnam hatte vor der Tastatur des PC unbewusst Gestalt angenommen, als ob sie aus einem Traum gekommen wäre.

Madrina ließ durchblicken, dass die Dinge sich anders zugetragen hatten. Das wusste ich auch. Aber ich hatte noch keine Vorstellung, wie viel anders.

»Mein lieber Junge, ich hätte dir da etwas zu geben.«

»Es ist spät. Wir müssen auf den Friedhof, bevor er zumacht. Du gibst es mir später.«

Mit dem Später kenne ich mich hervorragend aus, und ich weiß alle Tricks, es in ein Nie zu verwandeln.

»Später gibt es nicht! Jetzt!«, befand Elisa.

Die Frau mit den Ausrufezeichen läuft vor Problemen nicht davon. Sie nimmt ihr Herz in beide Hände und geht geradewegs auf sie zu.

Von dieser moralischen Unterstützung ermuntert, hantierte Madrina mit winzigen Schlüsseln an den Schubladen der Kommode. Ein brauner Umschlag tauchte in ihren schönen Händen voller Gichtknoten auf.

»Nach vierzig Jahren ist es an der Zeit, dass dir jemand die Wahrheit sagt.«

Mit fahrigen Bewegungen öffnete ich den Umschlag, und ein alter Zeitungsausschnitt kam zum Vorschein.

Ein Ausschnitt aus meiner Zeitung.

Es war die Nachmittagsausgabe mit dem Datum von Silvester vor vierzig Jahren.

MUTTER STÜRZT SICH AUS DEM FÜNFTEN STOCK

Tragödie im Morgengrauen im Corso Agnelli. Sie war auf der Stelle tot, mit 43 Jahren. Sie war erst kürzlich operiert worden.

Diese Tragödie spielte sich heute im Morgengrauen im Corso Agnelli ab: Eine Frau, Mutter eines Sohnes, verzweifelt und schwer krank, setzte durch einen Sprung aus dem Fenster ihrem Leben ein Ende. Sie war auf der Stelle tot.

Sie hieß Giuseppina Pastore und war 43 Jahre alt. Sie wohnte im fünften Stock des Wohnhauses Corso Agnelli 32 zusammen mit ihrem Mann, dem Vermessungstechniker Raoul Gramellini, und dem Sohn Massimo, 9 Jahre alt. Am 20. September hatte sie eine Krebsoperation und lebte seither in Angst.

Von einer plötzlichen Krise überwältigt, stand sie auf, während Mann und Sohn noch schliefen. Es war gerade sechs Uhr, und es fiel dichter Schnee. Giuseppina Pastore öffnete das Fenster im Wohnzimmer, stieg auf das Fensterbrett und stürzte sich ins Leere. Ihr blutüberströmter Körper wurde von den ersten Passanten im Schnee gefunden. Einer von ihnen verständigte die Polizei. Die Hinweise eines Hausbewohners führten die Beamten in den fünften Stock. Sie mussten lange läuten, um den Ehemann der Selbstmörderin zu wecken. Er hatte nichts bemerkt: Die Polizeibeamten waren es, die ihm von dem tragischen Schritt seiner Frau berichteten. Er war wie gelähmt, dann brach er in Tränen aus. Auch der kleine Massimo wachte auf, aber niemand hatte den Mut, zu sagen, dass seine Mutter tot ist.

XXXI

Madrina sagte mir sofort, dass der Artikel Ungenauigkeiten enthielt. Mama hatte sich nicht aus dem Wohnzimmerfenster gestürzt, sondern aus dem etwas abgelegeneren im Arbeitszimmer meines Vaters: Sie wollte sicher sein, dass niemand ihre geheime Verabredung mit dem Tod störte.

Vor dieses Fenster hatte Papa meinen Schreibtisch gerückt, als ich mein Zimmer Mita überlassen und mit ihm nicht nur das Schlafzimmer, sondern auch das Arbeitszimmer hatte teilen müssen. Wer weiß, wie oft er an das Fensterbrett getreten ist, von dem aus Mama zu ihrem Flug angesetzt hat. Und wie oft ich dasselbe getan habe, ohne zu wissen, wo und damit wer ich bin.

Ich brauchte Kälte, um mich lebendig zu fühlen, also trat ich hinaus auf den Küchenbalkon.

Der Artikel war nicht gezeichnet, und es war zu viel Zeit vergangen, um den Autor noch ausfindig zu machen. Vielleicht ein Neuling, der sich seine ersten Sporen als Reporter verdient hatte und daher gezwungen gewesen war, auch an Silvester zu arbeiten.

Ich stellte ihn mir vor, wie er im Schnee zu dem Unglückshaus gelangte, mit den Polizisten sprach, die Nachbarn herausklingelte, nach Möglichkeiten der

Verständigung mit Tiglio suchte und auf seinem Notizblock die Mosaiksteine einer Geschichte zusammenfügte, die ich mit vierzig Jahren Verspätung lesen würde.

Vielleicht war es eine Frau. Oder ein weiblich empfindender Mann. Es lag Zartgefühl in den Worten, obwohl Angaben gemacht wurden, die man später nicht mehr hätte veröffentlichen dürfen: die Anschrift der Selbstmörderin, ihre Krankheit, die Nennung eines Minderjährigen mit vollem Namen: ich.

Mit einem simplen Druck auf den Klingelknopf hätte jeder vorbeikommen und sich neugierig an meinem Schmerz weiden können. Aber die Zeitung war am letzten Nachmittag des Jahres in die Kioske gekommen. Die Stadt war halb leer gewesen, und es hatte heftig geschneit. Nur wenige hatten sie gelesen.

Wieder zurück in der Küche, strich ich den Zeitungsausschnitt auf dem Tisch glatt und setzte mich Madrina gegenüber.

Elisa strich mir über die Hand, um mir Mut zu machen. Ich nahm gerade das schwierigste Interview meiner Laufbahn in Angriff.

»Madrina, warum hast du mir das nicht früher gesagt?«

»Ich dachte, du weißt es und wolltest nicht darüber reden. Aber als ich den Roman las, habe ich begriffen, dass dir nie jemand etwas gesagt hat. Und da konnte ich nicht länger schweigen.«

Nach vierzig Jahren wirkte das wie ein Witz.

»Wie ist es geschehen?«

»Sie ist nicht gefallen. Sie wollte fallen.«

»Kein Infarkt.«

»Deine Mama hatte ein großes Herz, in jedem Sinn.«

»Also warum?«

»Im Frühsommer waren Röntgenaufnahmen gemacht worden, und da hatte sich ein Schatten gezeigt …«

Madrinas Kehle war ausgetrocknet, und ihre Stimme versagte. Sie musste etwas Wasser trinken, um weitersprechen zu können.

»Der Arzt bestand darauf, dass sie sich operieren lassen sollte. Und Mitte September konnten wir sie endlich dazu bewegen, ins Krankenhaus zu gehen.«

»›Ich gehe Besorgungen machen‹, hat sie zu mir gesagt.«

»Nach der Operation war sie zufrieden. Nur etwas wütend auf deinen Vater, der wegen eines Problems mit der Arbeit Turin verlassen hatte.«

»Typisch für ihn.«

»Das war eine Lüge. Der Chirurg hatte ihm gesagt, der entfernte Tumor sei bösartig, und er war nach Apulien geflogen zu einem Heiler, von dem er in der Zeitung gelesen hatte.«

»War Mama denn in Lebensgefahr?«

»Der Feind war besiegt, und den Ärzten zufolge bestanden optimale Chancen, dass er nicht wiederkehrte.«

»Warum ist Papa dann auf die Jagd nach einem Guru gegangen?«

»Damals kam die Diagnose Krebs einem Todesurteil gleich. Dein Vater hat den Kopf verloren.«

»Mein Vater soll den Kopf verloren haben?«

»Das passiert, wenn man liebt«, schaltete sich Elisa ein.

»Madrina, ich verstehe nicht: Wenn der Tumor nicht mehr da war, wieso hat Mama …«

»Das Unheil kam, als die Ärzte ihr sagten, dass sie sich einer Reihe von Behandlungen unterziehen müsse. Das war gängige Praxis, aber sie fing an, sie mit Fragen zu überhäufen. Sie war überzeugt, dass sie sie belogen.«

»Glaubte sie auch dir und Papa nicht?«

»Ihrer Ansicht nach waren wir Teil des Komplotts.«

»Vertrug ihr Körper die Therapie nicht?«

»Im Gegenteil, er vertrug sie ausgezeichnet. Es war der Kopf, der nicht mehr funktionierte. Jeden Sonntag kamen Nevio und ich euch besuchen. Ich setzte mich mit ihr in die Küche und wurde einem Verhör unterzogen. Bedeuteten die Behandlungen, dass sie noch immer Krebs hatte? Warum sagte ihr niemand, dass sie unter grausamen Schmerzen sterben musste? Wenn ich wirklich ihre beste Freundin war – und sie unterstrich dieses *wenn* –, hatte ich die Pflicht, ihr die Wahrheit zu sagen.«

»Und du?«

»Ich beruhigte sie, streichelte sie, schimpfte mit ihr. Ich flehte sie an, ihre Schreckgespenster zu bekämpfen. Ich sagte ihr: ›Denkst du nicht an deinen Sohn?‹«

»Und sie?«

»›Er hat ja euch …‹.«

Und so war ich zu der Frage gelangt, die alle anderen enthielt.

»Madrina, hatte Mama mich lieb?«

»Neun Jahre lang warst du ihr erster Gedanke am Morgen und der letzte vor dem Einschlafen. Dann hat die Angst ihr das Herz zerfressen.«

»Hatte sie Schmerzen?«

»Nein, aber sie war überzeugt, dass sie bald welche haben würde.«

»Hat sie je von Selbstmord gesprochen?«

»Selbstmörder sprechen nicht über ihre Absicht. Wenn ich ihr sagte, sie solle sich nicht fallen lassen, im übertragenen Sinn natürlich, beschränkte sie sich darauf, mich stumm anzuschauen.«

»Du hättest sie da rausholen müssen!«

»Und wohin? An Weihnachten habe ich sie in mein Häuschen in San Remo eingeladen. Sie antwortete mit einem bitteren Lächeln, sie fühle sich nicht danach, mir die Ferien zu versüßen. Ein paar Tage später kam der Anruf deines Vaters … Wie oft habe ich sie mir auf diesem Fensterbrett vorgestellt! Es verlangt Mut, sich aus dem fünften Stock hinunterzustürzen, weißt du das? Sehr viel Mut und sehr viel Verzweiflung. Wahrscheinlich hat der Schnee sie überzeugt.«

»Der Schnee?«

»Ich bin sicher, dass diese märchenhafte Atmosphäre den letzten Ausschlag gegeben hat. Sie wird gedacht haben, der Aufprall ist weniger schmerzhaft, bei all dem Weiß ringsum …«

»Und der Morgenrock auf meinem Bett? Hat Papa ihn da hingelegt?«

»Das glaube ich nicht. Mir hat er erzählt, er sei aus dem Schlaf aufgefahren und habe deine Mama in deinem Zimmer gefunden. Sie habe ihn gebeten, wieder schlafen zu gehen, weil sie noch ein bisschen allein bei dir bleiben wollte. Dein Vater konnte das nicht wissen, aber sie war gekommen, dir Lebwohl zu sagen.«

Madrina fuhr sich mit einer Hand über die Augen.

»Brauchst du ein Taschentuch?«

»Nein danke. Du weißt, dass ich nie weine. Es ist nur, noch nach vierzig Jahren bin ich wütend auf sie. Sie hatte kein Recht, dich allein zu lassen. Daran erinnere ich sie jedes Mal, wenn ich mit ihr rede. Und ich rede jeden Tag mir ihr.«

XXXII

Mittlerweile war es zu spät für den Friedhof. Wir verabschiedeten uns von Madrina und traten hinaus unter einen milchkaffeebraunen Himmel, der Schnee verhieß.

Elisa saß schweigend am Steuer und drehte am Radio herum auf der Suche nach einem Sender mit Rockmusik, ich schikanierte den Sicherheitsgurt und dabei mich selbst.

Meine Mutter hatte die Wahrheit nicht geglaubt und sich umgebracht. Ich hatte einer Lüge vertraut und war am Leben geblieben. Aber um welchen Preis?

Ich bat Elisa, mich bei der Wohnung meiner Eltern abzusetzen, die schon lang verkauft war.

Meine Blicke kletterten bis zum Fenster des Arbeitszimmers hinauf. Ich beschwor die Umrisse einer Frau auf dem Fensterbrett herauf, hatte aber nicht die Kraft, sie anzuschauen. Trotz meiner dicken Handschuhe kramte ich den Zeitungsausschnitt hervor, um noch einmal die letzten Zeilen zu lesen.

Auch der kleine Massimo wachte auf, aber niemand hatte den Mut, zu sagen, dass seine Mutter tot ist.

Da war ein kleiner Satzfehler: *sagen* anstelle von *ihm sagen*. Und da war noch ein viel schwerwiegenderer Fehler: Niemand hatte den Mut, mir zu sagen, *wie* sie gestorben war.

Das Geheimnis war über vierzig Jahre aufrechterhalten worden. Diejenigen, die Bescheid wussten, hatten mir nichts gesagt. Und auch später hatten sie mir nichts gesagt, vielleicht in der Annahme, dass ich es in der Zwischenzeit von jemand anderem erfahren hätte.

Papa und Madrina, Tiglio und Palmira, Giorgio und Ginetta, Balu und Mein Onkel, Madamìn, die Lehrerin und wer weiß sonst noch alles. Ich hätte eigentlich allen zu diesem perfekten Komplott gratulieren müssen.

Auch sie hatten nur zu meinem Besten gehandelt, genau wie Belfagor. Was hätte ich als Neunjähriger gedacht, wenn man mir gesagt hätte, dass Mama sich aus einem Fenster im fünften Stock gestürzt hatte?

Dass sie mich nicht mehr mochte.

Dass ich ziemlich wenig wert sein musste.

Das Problem ist, dass ich das auch so mein ganzes Leben lang gedacht habe.

Wann wäre dann also der richtige Zeitpunkt für die Wahrheit gewesen?

Ich kehrte dem Haus, in dem meine Familie gewohnt hatte, den Rücken und machte mich auf den Weg zu meinem jetzigen Zuhause, wobei ich einem Schmerz nachspürte, der nicht mehr da war oder vielleicht noch nicht.

Auch der kleine Massimo wachte auf.

Da hatte der Journalist sich aber getäuscht. Ich war überhaupt nicht aufgewacht.

Vierzig Jahre lang hätte ich Zeit gehabt, die Unstimmigkeiten einer absurden Geschichte zu entlarven. Eine Krebskranke im Endstadium stirbt an einem Infarkt, nachdem sie eine Zigarette geraucht hat. Und doch hatte ich so getan, als glaubte ich daran, obwohl ich intuitiv die Wahrheit kannte, sodass sie bei der Arbeit am Romänchen spontan ans Licht gekommen war.

Eine ganze Weile lang durchsuchte ich mein Leben auf ein Anzeichen hin, dass ich mich geweigert hatte zu erkennen.

Die beiden Unbekannten, die Papa neben dem Weihnachtsbaum unter den Achseln hielten, waren keine Notärzte, sondern Polizisten in Zivil, die ihm die Nachricht überbringen mussten.

Großmutter Giulias Aufschrei: »Was haben sie mit meiner Tochter gemacht?«, konnte sich nicht auf einen einfachen Infarkt beziehen.

Und dann: die dauernden Anspielungen auf das »Unglück«, das beredte Schweigen Meines Onkels, der Hass auf die »verfluchte« Wohnung, den Ginetta an Papas Sarg bekundet hatte.

Papa. Nicht einmal auf dem Totenbett hatte er sich verraten. Aber ich hätte ihn schon viel früher zwingen müssen, davon zu sprechen, statt das Thema ihm, vor allem aber mir selbst gegenüber zu vermeiden.

Ganze Abende hatte ich im Archiv meiner Zeitung zugebracht, um Material zu Tatsachen und Personen des öffentlichen Lebens zu sichten. War es möglich, dass ich nie den Wunsch verspürt hatte, meine Recherchen auf das Ereignis auszuweiten, das mein Leben prägte? Das papierene Gedächtnis jener Tage durchzublättern, und sei es auch bloß, um auf Mamas Todesanzeige zu stoßen?

Ich blieb mitten auf der Straße stehen, um einem rennenden Kind nachzusehen, und die Antwort stieg klar und deutlich in mir auf.

Ich wusste seit jeher, wie sie gestorben war, aber ich hatte augenblicklich beschlossen, es nicht wissen zu wollen.

Es wäre zu viel gewesen. Und vielleicht war es das ja auch jetzt noch.

Im Lauf der Jahre hatte sich meine Weigerung, der Wahrheit ins Auge zu sehen, auf alles Übrige ausgedehnt. Sie hatte sich den Gedanken übergestülpt wie eine zweite Haut und war meine Art geworden, das Leben zu bewohnen, ohne es zu leben.

Das passiert uns, in deren Eingeweiden Belfagor haust. Um uns nur ja nicht mit der Wirklichkeit konfrontieren zu müssen, leben wir lieber mit einer erfundenen Geschichte und geben die geschönten oder verzerrten Rekonstruktionen, auf denen unsere Weltsicht basiert, als authentisch aus.

Viele Sätze, die historischen Personen zugeschrieben werden, sind von ihren Biografen erfunden. Und doch zitieren wir sie voller Überzeugung. Um uns in unseren Vorurteilen zu bestätigen, hören wir nur auf solche, die so denken wie wir. Und wir lassen uns einlullen von falschen Geschichten und beruhigenden Versionen, interpretieren die Wirklichkeit als mythisch und die Mythen wortwörtlich.

Die Intuition enthüllt uns ständig, wer wir sind. Aber wir bleiben taub für die innere Stimme, wir übertönen sie mit dem Ticken unserer Gedanken und dem Getöse der Emotionen. Um nicht zu leiden. Um nicht heil zu werden. Denn sonst würden wir das, wovor wir Angst haben. Vollständig lebendig.

XXXIII

Es war dunkel geworden. Die Straßen leerten sich, und erste Böller begrüßten vorzeitig das neue Jahr. Ich war stundenlang gelaufen, ohne zu essen, ohne zu sprechen, ohne etwas anderes zu fühlen als das Gewicht meiner Füße, die endlich richtig auf dem Boden aufsetzten.

Während ich die letzte Steigung zu unserem Haus hinaufstieg, erinnerte ich mich an den Ratschlag Meines Onkels und hob das Kinn, als hätte ich einen Faden von dort zum Nabel zu spannen.

Unterdessen dachte ich an meinen Vater. Er hatte es sich zur Lebensaufgabe gemacht, mich vor der Wahrheit zu schützen. Der Mann der Witze hatte die traurigste Geschichte der Welt erfunden und sie mir ein Leben lang erzählt.

Zum ersten Mal konnte ich mich in meinen Vater hineinversetzen. Ich fühlte seine Liebe zu Mama, und das war ein Schlag, der mich erzittern ließ. Ich sah ihn in der Sonne Schlange stehen vor der Tür dieses Heilers, den er bestimmt verachtete. Ich folgte seiner Wanderschaft von einem Arzt zum anderen. Ich hoffte und verzweifelte mit ihm. Bis zum letzten Morgengrauen. Als er sich überreden ließ, unter die Bettdecke zurückzukehren, und in einen Schlaf verfiel, den er sich nie verzeihen würde.

Er war schlimmer als allein zurückgeblieben: mit einem Kind an seiner Seite und der Wüste in sich. Ich an seiner Stelle wäre zusammengebrochen. Er dagegen hatte mich auf seine Schultern gehievt und war seinen Weg weitergegangen. War in zu viele Löcher getappt, hatte falsche Wege eingeschlagen, falsches Schuhwerk und falsche Weggefährten gewählt. Aber irgendwie war es ihm gelungen, mich in Sicherheit zu bringen.

Er hat mich lieb gehabt. Mehr als Mama es tat. Denn er ist geblieben. Es ist immer mehr Liebe in denen, die bleiben, als in denen, die gehen.

Sein Meisterwerk war die Konstruktion des Mythos von Mamas Verschwinden. Er hatte ihn mir eingeschärft, damit ich sie nicht verabscheute, auf die Gefahr hin, dass diese imaginäre Frau all die Liebe für sich in Anspruch nahm, die er verdient hätte.

Der Gedanke an Mama verursachte mir Wutanfälle, vermischt mit einer Zärtlichkeit, die an Schmerz grenzte.

Sie war schwach gewesen. Und es kann keinen Ruhm geben für den, der vor der Verantwortung flieht.

Vor mir tauchte immer wieder die Überschrift des Zeitungsartikels auf.

MUTTER STÜRZT SICH AUS DEM FÜNFTEN STOCK

Die Überschrift fasst immer das Wesentliche einer Nachricht zusammen. In diesem Fall wies er darauf hin, dass die Selbstmörderin nicht irgendeine Frau, sondern Mutter gewesen war.

Das war es, was den Journalisten irritiert hatte, als er die Überschrift zwischen Bergen von weiterverschenkten Panettoni und hastigen Neujahrswünschen in der Setzerei zusammenstellte. Dass eine Mutter so egoistisch hatte sein können, ihr Kind zu einem Leben ohne sie zu verdammen.

Im Krankenhaus von Sarajevo hatte ich verwundete Frauen gesehen, die tapfer mit dem Tod rangen und die Arme ausstreckten nach einem Kind, das nicht mehr da war, beseelt von der absurden Hoffnung, es noch einmal in die Arme schließen zu können.

Ich dagegen war im Zimmer nebenan gewesen. Am Leben. Aber Mama war ich egal gewesen. Sie hatte nur an sich selbst gedacht.

Ich kam in die Wohnung, und Billie machte einen Bogen um mich. Als ich versuchte, sie zu streicheln, flüchtete sie mit eingekniffenem Schwanz in die Abstellkammer.

Ich zog Schuhe und Socken aus und trat mit nackten Füßen auf den Teppich im Wohnzimmer. Auf einem Regal bemerkte ich das Foto von Mama, das ich als Junge in der Schublade versteckt hatte und das zahlreiche Umzüge mitgemacht hat. Dieses Lächeln einer Heiligen, auf das ich ihre Legende gegründet hatte.

Ich drehte mich zur anderen Seite. Und auf der anderen Seite war Elisa. Auch sie barfuß. Sie war hinter mich getreten, ohne dass ich es bemerkt hatte.

»Wie fühlst du dich?«, fragte sie mich. Und dieses Fragezeichen, so ungewohnt auf ihren Lippen, sagte mehr als vieles andere.

»Sie war nicht die Mama, für die ich sie hielt.«

»Ich habe sie mir immer so vorgestellt. Ein verschlossener Mensch voller Überschwang und Angst.«

»Kannst du das fassen? Sich umbringen, trotz eines Kindes?«

»O, das kommt vor. Du bist Journalist. Liest du nicht die Zeitung?«

»Nicht diese Art von Nachrichten. Sie haben mich immer abgestoßen. Jetzt verstehe ich den Grund dafür.«

»Wenn das Kind sehr klein ist, reißt die Mutter es gewöhnlich mit in den Tod.«

»Ich bedeutete ihr so wenig, dass ich ihr nur lästig gewesen wäre.«

»Sie wusste, dass du es allein schaffen würdest.«

»Red keinen Unsinn! Sie hat mich abgelehnt.«

»Sie hat nicht dich abgelehnt, sondern das Leben.«

»Ich war ihr Leben!«

Elisa strich mir über die Hände, in der Art, wie nur sie es versteht.

»Das Leben, du sagst es. Aber deine Mutter hatte sich von der Wirklichkeit abgekoppelt. Sie lebte mit ihren Gespenstern.«

»Hätte man sie nicht retten können?«

»Vielleicht. Man hätte sie von jener Welt lösen und wieder mit dieser verbinden müssen.«

»Mithilfe von was, von wem?«

»Es ist sinnlos, sich das jetzt zu fragen. Was ich versuche, dir zu sagen, ist, dass Angst immer die Liebe tötet. Sogar die Mutterliebe.«

Wir schwiegen ein Weilchen und schauten auf unsere Zehen. Dann zeigte sie auf etwas.

»Deine Fersen!«

»Ja und?«

»Sie stehen fest auf dem Teppich.«

Ich hob sie sofort an.

»Entschuldige, wo habe ich sie denn sonst?«

»Das weißt du sehr gut, in der Luft.«

»Willst du damit sagen, dass ich kein Elf mehr bin?«

»Womöglich wirst du ein fortgeschrittener Elf.«

»Fortgeschritten? Eher regrediert. Solange ich in der Lüge lebte, glaubte ich, es wäre mir gelungen, ihr zu verzeihen. Jetzt dagegen, da ich die Wahrheit kenne, merke ich, dass ich ihr überhaupt nicht verziehen habe.«

Elisas Stimme wurde leicht brüchig, als wollte sie einen Damm errichten, um ihr Mitgefühl daran zu hindern, sich auszubreiten.

»Hör auf, dich als Opfer aufzuführen und die Rolle des gekränkten Sohnes zu spielen!«

»Das ist keine Rolle! Bestimmte Erinnerungen lassen sich nicht einfach löschen.«

»Aber du kannst sie läutern von dem Schmerz, den sie enthalten.«

»Und wie?«

»Eben durch Vergebung!«

»Bist du sicher?«

»Nur die Vergebung bringt dich wieder in Kontakt mit der Energie der Liebe. Ich habe das oft erfahren. Und habe es in vielen Büchern gelesen. Auch in deinem.«

»Aber wie kann man denn einer Deserteurin vergeben?«

»Offenbar hast du noch nie so sehr gelitten, dass du sterben wolltest. Es verlangt außerordentliche seelische Kraft, jeden Morgen aufzustehen mit der Vorstellung, dass das Leben eine Herausforderung ist, der man sich unter allen Umständen stellen muss, auch wenn man sicher ist, eine schreckliche Ungerechtigkeit erlitten zu haben, und wenn man Angst hat, es nicht zu schaffen.«

»Jetzt soll es schon eine heroische Entscheidung sein zu leben!«

»Natürlich ist es das! Eine heroische Entscheidung, die in jedem Augenblick erneuert wird. Deine Mutter hat beschlossen aufzugeben. Und in gewisser Weise du auch. Mit deiner Weigerung, die Dinge zu sehen, wie sie sind.«

»Was willst du damit sagen?«

»Von klein auf hast du mit demselben Ungeheuer zusammengelebt, das sie getötet hat. Aber jetzt musst du es loswerden, sonst wird ihr Opfer für nichts gut gewesen sein.«

Tiefe Stille breitete sich im Raum aus, in die in immer kürzeren Abständen Böller krachten. Dann hörte ich meine Stimme, wie aus geheimnisvollen Höhlen wieder aufgetaucht.

»Was wird sie gedacht haben, als sie die Zigarette ausdrückte, sich die Hausschuhe auszog und auf das Fensterbrett kletterte? Während sie sich im Gleichgewicht hielt und den Schnee roch, bevor sie zum Sprung ansetzte? Wird sie wenigstens im Sturz an mich gedacht haben?«

»Ist das so wichtig?«

Ich drehte mich um und schaute auf das Foto von Mama, als sähe ich es zum ersten Mal.

»Nein. Nicht mehr.«

»Mach dich frei von dem Gewicht, das dir wie Blei auf dem Herzen liegt, Massimo. Ein Leben lang plagst du dich und deine Mutter mit diesen quälenden Fragen. Ein Leben lang fühle ich, wie sie auf uns lastet. Genug! Schick ihr all deine Liebe und lass sie endlich gehen …«

Draußen begann es zu schneien. Elisas Hände beschrieben unergründliche Bahnen um meinen Kopf, und ihre Stimme sprach Worte, die ich nicht verstehen konnte. Aber jemand in mir verstand sie sehr gut.

Belfagor.

Ich spürte, wie er zusammenschrumpelte und in tausend Teile zerfiel, die sofort von der Dunkelheit verschluckt wurden.

Ich schloss die Augen und sah Mama ins Zimmer eines schlafenden Kindes kommen.

Sie setzte sich an den Bettrand und sah mich lange schweigend an. Sie streckte die Hand zu einer Liebkosung aus, zog sie aber gleich wieder zurück, um mich nicht zu wecken.

Sie deckte mich gut zu, beugte sich über mich und flüsterte mir etwas zu.

Träum was Schönes, mein Kleiner.

In diesem Augenblick spürte ich, wie der Duft ihres Haars und alle Energie aus ihrem Körper trat und mir ins Herz strömte.

Mama stand auf, zog den Morgenmantel aus, faltete ihn zusammen und legte ihn ans Fußende des Bettes. Dann ging sie ins Licht.

Ich wünschte ihr eine gute Reise, öffnete die Augen wieder und umarmte Elisa.

Ich weiß nicht, wie lang wir so verharrten. Aber irgendwann begann das Leben, wie ein frischer Lufthauch von den Knöcheln her wieder aufzusteigen.

Ich schaute hinunter, und dort war Billie und wedelte mit dem Schwanz.

Leicht.

Für Giuseppina Pastore, meine Mutter

DANKSAGUNGEN

Die Namen entsprechen fast alle der Wirklichkeit, nur die der Frauen habe ich geändert. Außer Elisa, sie ist Elisa.

Mein erstes Dankeschön geht wie immer an sie. Aber diesmal ist die Liste der Danksagungen lang, und sie beginnt mit Giuseppe: In seinem Lektoratsbüro hat die Idee zu diesem Roman Gestalt angenommen.

Ich war in den Longanesi Verlag gegangen, um über das zu diskutieren, was mein nächstes Buch werden sollte: ein Essay über Auswege aus Antriebslosigkeit und Resignation, Ausgeburten der Angst – Gefühle, mit denen offenbar viele Menschen der gegenwärtigen Zeit begegnen. Titel: *Keiner schlafe*.

Um der Kanzel, von der die Predigt kam, Glaubwürdigkeit zu verschaffen, hatte ich daran gedacht, dem Essay eine autobiografische Notiz vorauszuschicken, in der ich von der Verdrängung des Todes meiner Mutter berichtete.

Während ich die Geschichte erzählte, kamen nach und nach andere Lektoren in Giuseppes Zimmer: Alessia, Fabrizio, Guglielmo, und am Ende hatten alle feuchte Augen. Als ich ihre Reaktionen sah, wurde mir klar, dass das nicht das Vorwort zu einem Essay war, sondern die Geschichte, die in vierzig Jahren in mir herangereift war.

Der Zeitpunkt war gekommen, sie hervorzuholen und anzuschauen. Um ein Buch daraus zu machen, einen Roman, in den reale Tatsachen mit einflossen. Das Exposé schrieb ich noch in derselben Nacht, und auch der Text selbst kam ungewöhnlich rasch zustande. Drei Wochen am Stück, um mir alles von der Seele zu schreiben (ich nenne das »abspulen«), und sechs Monate, um das Manuskript wieder und wieder zu lesen: hundert-, zweihundert-, vielleicht dreihundertmal, jedes Mal etwas streichend oder hinzufügend.

In diesem Prozess der psychoanalytischen Maßschneiderei waren mir eine große Hilfe: Vitamin-C-Kautabletten (während ich von meiner Mutter schrieb, hatte ich dauernd Halsweh), Mozarts Klavierkonzerte in der Einspielung mit Daniel Barenboim und die brillante Crew, mit der zu arbeiten ich seit Jahren das Vergnügen habe: Stefano, Cristina, Luigi, Valentina, Alessia, Elena und natürlich Giuseppe und Guglielmo, höflich, aber unerbittlich. Ich habe die SMS aufgehoben, die sie mir schickten, nachdem sie die erste Fassung von *Träum was Schönes* gelesen hatten: Sie werden dem Roman Glück bringen.

An die Menschen, die in diesem Buch erwähnt werden und die mich oder die ich verletzt habe, gehen, wo immer sie auch sein mögen, meine Vergebung und meine Bitte um Verzeihung.

Ein besonderer Dank geht an Madrina, die *Dea ex Machina* der Erzählung. Wenn sich die Dinge so zugetragen haben, wie man von ihnen gelesen hat, muss das Verdienst (oder die Schuld) daran gleichmäßig verteilt werden: zwischen ihr und mir, zwischen der Longanesi-Mannschaft und einer parallelen aus Freunden, die den Wachstumsprozess mit ihren Anregungen begleitet haben.

1. Piula, Arianna und Arnaldo, die mich dazu gebracht haben, ein paar Kapitel neu zu schreiben.
2. Fede, die mir geraten hat, ein bisschen Flitter wegzulassen.
3. Marco, der sich als Fan dafür stark gemacht hat, die Stellen über den Toro und Papa auszuweiten.
4. Annalaura, die in der Keksdose steckt.
5. Gabriele, der gerührt war.
6. Irene, die gestaunt hat.
7. Francesca, die gern mehr Songtitel gehabt hätte.
8. Duilio, der den Buchtitel *Das Foto in der Schublade* gewollt hätte.
9. Mirella, die, wenn sie mich anruft, wirklich überzeugt ist, mit einem Schriftsteller zu sprechen.
10. Alexandra, die ihn in den Wolken gelesen hat.
11. Fabio, der ihn gelesen hat, während es draußen schneite.
12. Annalena und Mattia, die ihn gemeinsam gelesen haben und zum Herzen vorgedrungen sind.

Zwölf, meine neue Lieblingszahl.

Turin, Januar 2012

Aus Horaz, »Ars Poetica« wurde zitiert in der Übersetzung von Klaus Bartels.

Aus Jay McInerney, »Ein starker Abgang« wurde zitiert in der Übersetzung von Nikolaus Hansen.

Die Übersetzungen der Zitate von Eric Hoffer (»The passionate state of mind, and other aphorisms«), Rudyard Kipling (»If –«), F. Scott Fitzgerald (»Der Große Gatsby«) und Victor Hugo (»Les Misérables«) stammen von Barbara Kleiner.